insel taschenbuch 5052
Serena Giuliano
Luna

AF204933

Als ihr Vater schwer erkrankt, kehrt Luna nach langer Zeit das erste Mal nach Neapel zurück. Die Stadt ist ihr ebenso fremd geworden wie der Vater, den sie und ihre Mutter verlassen haben, um in Mailand ein neues Leben zu beginnen. Doch in ihrem alten Zimmer im legendären Palazzo Donn'Anna, mit Blick auf das Meer und den Vesuv, entdeckt Luna – mithilfe ihrer Cousine und der Nachbarin Filomena – nicht nur ihre Liebe zu Neapel wieder.

Je länger sie in ihrer Heimatstadt verweilt, desto tiefer taucht sie in ihre Erinnerungen ein, setzt sich mit ihrer Familiengeschichte auseinander. Nach und nach gewinnt sie neues Selbstvertrauen und beginnt, ihre eigenen Wünsche und Träume zu leben.

Serena Giuliano, geboren 1982, ist die italienischste aller französischen Autorinnen. Sie lebt in der Nähe von Metz und schreibt – auf Französisch – im Netz und auf Papier. Für *Luna* erhielt sie 2022 den Prix des Lecteurs U. **Christiane Landgrebe** übersetzt u. a. Claire Berest, Philippe Claudel, Henri Alain-Fournier und Elie Wiesel.

Serena Giuliano

Luna

Rückkehr nach Neapel

Roman

Aus dem Französischen
von Christiane Landgrebe

INSEL VERLAG

Die französische Originalausgabe erschien 2021 unter dem Titel *Luna*
bei Éditions Robert Laffont, S. A. S., Paris.

Erste Auflage 2024
insel taschenbuch 5052
Deutsche Erstausgabe
© der deutschsprachigen Ausgabe Insel Verlag
Anton Kippenberg GmbH & Co. KG, Berlin, 2024
© Éditions Robert Laffont, Paris, 2021
Alle Rechte vorbehalten. Wir behalten uns auch eine Nutzung des
Werks für Text und Data Mining im Sinne von § 44b UrhG vor.
Umschlaggestaltung/Umschlagabbildungen:
Michaela Spatz für FinePic®, München
Satz: Satz-Offizin Hümmer GmbH, Waldbüttelbrunn
Druck: CPI books GmbH, Leck
Printed in Germany
ISBN 978-3-458-68352-0

www.insel-verlag.de

Luna

Für meine Freundinnen, *vi voglio bene.*

Napule è mille culture
Napule è mille paure
(...)
Napule è nu sole amaro
Napule è addore e' mare
Napule è na' carta sporca
E nisciuno se ne importa
E ognuno aspetta a' sciorta

Neapel ist tausend Farben
Neapel ist tausend Ängste
(...)
Neapel ist eine bittere Sonne
Neapel ist der Geruch des Meeres
Neapel ist schmutziges Papier
Das kümmert niemanden
Und jeder erwartet sein Schicksal

Pino Daniele, *Napule è*

1

Sieben Jahre lang bin ich nicht in Neapel gewesen.

Ich hatte mich strikt geweigert, mit meinen Füßen in Scheiße zu treten.

Gleich bei der Ankunft am Flughafen wird mir bewusst, wie wenig mir diese Stadt gefehlt hat. Alles geht mir sofort auf den Geist: der Lärm, die ungezogenen Neapolitaner, im besten Fall anbiedernd, im schlimmsten Fall rüpelhaft. Vor dem Gebäude haben zwei Männer versucht, mir Socken zu verkaufen.

Seit dreißig Sekunden bin ich hier, hatte nicht einmal Zeit, mir die Beine zu vertreten, und da wollen diese Typen mir Socken andrehen!

Ich weise sie mit einer Handbewegung und einem düsteren Blick zurück. Klar, dass sie da zu mir sagen: »Oh, là, là, ganz schön empfindlich, die *signorina*!«

Wer sollte denn, wenn er im Mai bei 25 Grad aus dem Flugzeug steigt, denken: Ich brauche unbedingt Socken? Verkauft was anderes, ihr Kerle! Bei dem, was mich erwartet, gibt es nur eins, was ich sofort brauche: einen Schluck *grappa*.

Ich steige in das erste Taxi der Schlange.

»*Ospedale del Mare*, bitte!«

Ich weiß, das ist ein Fehler, aber ich habe keine Wahl. Einem Neapolitaner darf man nie sagen, dass man ins Krankenhaus möchte, niemals!

Der Mann muss so um die sechzig sein. Er scheint aufrichtig besorgt, dreht sich um und fängt an, mich auszufragen.

»Oh Gott, du musst ins Krankenhaus, Mädchen? Bist du krank? Oder einer aus deiner Familie? Das tut mir leid, ich bete für dich zu Gott, zu San Gennaro. Willst du etwas essen? Wir können bei der Konditorei meiner Frau anhalten, wenn du willst, die liegt am Weg. Sie macht *sfogliatelle*, die dich umhauen werden. Damit wirst du von jeder Krankheit geheilt!«

Siezen kennen die hier nicht, man wird einfach rücksichtslos geduzt.

Ich beende das Gespräch – oder besser gesagt den Monolog – etwas abrupt.

»Nein danke. Fahren Sie jetzt bitte, ich habe es eilig!«

Ich stecke die Nase in meinen Laptop und Kopfhörer in die Ohren, damit der Taxifahrer nicht weiter nachfragt. Die Fahrt dürfte nicht sehr weit sein. Mein Herz gerät in Wallung. Ich stelle die Musik lauter, um meine Angst zu übertönen. Leider funktioniert es nicht besonders gut.

Ich öffne ein wenig das Fenster. In diesem Taxi erstickt man beinahe.

»Du wirst dich erkälten, *signurì*. Die Wärme im Frühling täuscht. Man muss sich in Acht nehmen. Ich sage das nur dir. Weil du doch krank bist … Nicht, dass du auch noch eine Bronchitis kriegst. Ich trage bis Juni immer noch einen Pullover, und dadurch habe ich nie etwas, nicht mal eine Erkältung!«

Das kann doch wohl nicht wahr sein! Auf mir liegt ein Fluch! Ich öffne das Fenster noch weiter und sehe den Chauffeur herausfordernd an. Er grinst mir zu. Blicken die hier beim Fahren jemals auf die Straße?

»Du bist Mailänderin, das ist ganz klar. Bei so etwas täusche ich mich nie. Du bist nicht aus Neapel, das sieht man.«

Bestes Kompliment.

»Ist nicht schlimm, *signurì*. Niemand ist perfekt.«

»Meereskrankenhaus« ... Ein Name zum Träumen schön; man könnte meinen, dort werden Delphine behandelt. Aber die drückende Stille auf der neurochirurgischen Station verheißt nichts Gutes. Man könnte meinen, alle flüstern aus Angst, der Tod könne sie erwischen. Es erinnert an ein Versteckspiel, das alles andere ist als amüsant. Nur der Sensenmann kann Neapolitaner dazu bringen, leise zu sprechen.

Seit ein paar Minuten stehe ich vor Zimmer 217 und habe nicht den Mut, die Tür zu öffnen.

»Von selber geht sie nicht auf ...«

Die Krankenschwester lächelt mir wohlwollend zu, dann geht sie weiter. Ich hole tief Luft und tauche unter, mit dem Kopf zuerst.

2

Mein Onkel eilt auf mich zu, umarmt mich fest, mustert mich und sagt mir eine Menge Dinge, die ich nicht verstehe. Ich bin wie erstarrt. In dem Bett vor mir liegt ein bleicher Mann mit geschwollener Nase, tiefliegenden Augen und schwarzen Augenhöhlen. Das soll mein Vater sein, aber ich erkenne ihn nicht. Sein Gesicht ist aufgedunsen, sein Kopf in einen Verband gewickelt, seine Hände sind voll blauer Flecken und mit Schläuchen verbunden. Er sieht aus, als sei er tot.

Doch dann wäre er sicher im Leichenschauhaus zwei Etagen tiefer. Dann wäre alles vielleicht etwas einfacher. Ich versuche, mich auf die Worte von *zio* Gerardo zu konzentrieren.

Mein Gehörsinn ist vom Flug noch gedämpft, und ich merke, dass ich immer noch die Ohrstöpsel trage. Er gestikuliert wild herum, sein Gesicht ist röter, als ich es in Erinnerung habe, und er ist noch kleiner geworden. Vielleicht ist es auch umgekehrt und ich hatte einen verspäteten Wachstumsschub. Das ist unwahrscheinlich, ich bin schließlich dreiunddreißig.

Ich verstehe so viel wie: »Seit drei Tagen kann er nicht mehr sprechen«, »flüssig«, »Gehirn«, »Tumor«, »Operation«, »Wunder«.

Als ich letzten Donnerstag einen Anruf des einzigen Bruders meines Vaters erhielt, habe ich ihn ignoriert. Mit den zehn nächsten habe ich es genauso gemacht. Eine Nachricht meiner Mutter hat mich dazu gebracht, endlich dranzugehen.

»Meine Liebe, geh ans Telefon, wenn Gerardo anruft. Dein Vater ist im Krankenhaus. Irgendwer muss hinfahren.«

Sie jedenfalls nicht, hieß das.

Nach der Scheidung war klar, dass es nie wieder sie sein würde. Zwar kann man sich von seinem Mann scheiden lassen, aber leider nicht von seinem Vater. Deshalb musste ich mich dazu überwinden.

Es ist seltsam, aber ich spüre eine Art Schmerz in der Brust. Was es genau ist, weiß ich nicht. Für einen Herzinfarkt ist es etwas zu früh, oder?

Je näher ich dem Bett komme, desto heftiger wird der Schmerz. Ihn in diesem Zustand sehen zu müssen, tut mir weh. Seit Jahren war ich überzeugt, dass mir der Typ vollkommen egal ist, doch jetzt sagt mir mein Körper das Gegenteil.

Ich habe diesen tapferen Mann immer gekannt, und dass ich mich um mein kleines Selbst kümmere, jeden Morgen Sport mache, auf meine Ernährung achte (Letzteres ist in dieser Stadt eine Heldentat) ..., hat nichts mit diesem sterbenden Objekt auf dem Krankenhausbett zu tun.

»Vor einer Viertelstunde habe ich mit dem Professor gesprochen, vor morgen früh kannst du ihn nicht treffen, er sagt, die letzte Operation sei gut verlaufen und dass dein Vater jetzt Ruhe braucht. Die Besuchszeit ist gleich zu Ende, geh nach Hause. Gina hat dein Zimmer schon gemacht und eingekauft, damit es dir an nichts fehlt. Ich setze dich dort ab.«

»Ich schlafe lieber im Hotel.«

»Rede keinen Unsinn, Luna! Los, komm schon, deine Cousine erwartet dich.«

3

Auf dem Weg nach *Posillipo*, Neapels vornehmem Viertel, sehe ich demonstrativ aus dem Fenster, um mich nicht unterhalten zu müssen. Mein Onkel hat einen alten Fiat Panda, der einen fürchterlichen Lärm macht. Wir brauchen vierzig Minuten, um durch die Stadt zu fahren. Der Verkehr in Neapel, das ständige Gehupe, die brennende Sonne, die keinen Frühling kennt. In Neapel macht man keine halben Sachen. Ich spüre, wie sich langsam, aber sicher eine Migräne einstellt. Ich träume von einer kalten Dusche, einer Massage und hoffe, aus diesem Alptraum aufzuwachen.

Nach einer Ewigkeit erreichen wir den *Palazzo Donn'Anna*. Auch wenn ich diese Gegend hasse, bin ich doch jedes Mal wieder von seiner Schönheit fasziniert.

Der Hausmeister, der den Eingang dieses besonderen Ortes überwacht, kann seine Abscheu nicht verbergen, als er *zio* Gerardos altes Auto vorfahren sieht, doch als er uns erkennt, nimmt er Haltung an. Er hat diesen Posten seit Jahren und kennt uns alle.

»*Buongiorno*«, begrüßt er uns, »was für eine Freude, Sie zu sehen, *signorina* Luna. Wie geht es Ihrem Vater? Ich hab gehört, dass er im Krankenhaus ist, das tut mir sehr leid. Ich hoffe, er kommt bald zurück!«

»Guten Tag, Salvatore, bisher ist er noch am Leben.«

Mein Onkel hustet verlegen, der Hausmeister öffnet uns das Tor und dann stellen wir endlich das Auto ab.

Der Panda fällt auf neben all den Luxuswagen. Wie ein alter Zahn mit Karies im Mund eines Hollywood-Schauspielers. *Zio* Gerardo scheint dieser Kontrast jedoch nicht zu stören.

Meine Cousine Gina empfängt uns an der Tür.

»Luna, ich freue mich sehr, dich zu sehen! Wir haben ja solche Angst um deinen Vater ... Und sag mal, wie geht es dir? Du warst so lange nicht mehr hier. Ich habe den Eindruck, du bist in Mailand glücklich. Läuft es gut mit der Arbeit? Und wie geht es deiner Mutter? Wie war deine Reise?«

Sie lässt mich keinen Moment durchatmen, umarmt mich fest und presst mir zwei Küsse auf die Wangen. Angesichts ihres Lippenstifts, er ist violett, habe ich das Bedürfnis, mir gleich das Gesicht abzuwischen. Sie drückt mich an ihre füllige Brust, nimmt meine Sachen, gestikuliert herum. Ich komme gar nicht zu Wort. Ich sehe, wie ihre ausgebleichten langen Haare in ihrem Rücken wippen, während sie um mich herumwirbelt. Sie ergreift meine Hand, zerrt mich in die Küche, zeigt mir einen Stuhl und reicht mir eine Tasse Kaffee. Die führe ich mechanisch an den Mund und verziehe unwillkürlich das Gesicht, als ich all den Zucker darin schmecke. All das hat keine Minute gedauert, mir ist ganz schwindelig.

»Ach ja, du nimmst ja keinen Zucker! Wie schaffst du das nur? Ist es wegen der Linie? Das ist doch, als tränke man Erdöl, so schrecklich bitter ... Ich habe eine *parmigiana di melanzane* für dich gemacht, sie ist im Ofen, du brauchst sie nur warmzumachen. Ich habe auch eingekauft. Wir haben immer etwas zu essen im Haus. Dein Vater geht meist in die Bar oder ins Restaurant, das weißt du ja. Ich habe auch Futter für Filomena mitgebracht.

»Wer ist denn das?«

»Die Katze deines Vaters.«

»Er hat eine Katze?«

»Oh ja, sie ist die Liebe seines Lebens. Wusstest du das nicht?«

»Nein.«

»Sie bringt mich zur Weißglut! Überall hinterlässt sie ihre Haare, wusstest du, dass ich hier saubermache? *Zio* bezahlt mich gut dafür, er weiß, dass es mit den drei Kindern nicht einfach ist, ich muss Geld verdienen. Antonio hat zwar zwei Jobs, aber es reicht nicht für den ganzen Monat. Zum Glück ist dein Vater da.«

»Oh ja, ein Glück, dass es ihn gibt, den wunderbaren Mann.«

Sie scheint die Ironie meiner Antwort nicht zu bemerken und setzt ihren endlosen Monolog fort, macht mir Komplimente für meine Figur, meine Haare und meinen Nagellack, für überhaupt alles. Ihr Vater unterbricht sie, und da ist sie sofort still. »Gina, komm, wir lassen Luna sich ausruhen. Sie muss müde sein.«

Dann sagt er zu mir:

»Wenn du irgendwas brauchst, meine Liebe, kannst du mich immer anrufen, okay? Deine Cousine kommt jeden Tag vorbei, um nach dir zu sehen.«

»Ach wirklich?«

»Die Autos deines Vaters stehen auf dem Parkplatz. Wenn du eins brauchst, findest du die Schlüssel auf der Konsole im Eingang. Wir sehen uns morgen im Krankenhaus.«

Er umarmt mich, meine Cousine tut es ihm gleich und verspricht mir, bald wiederzukommen. Dann gehen sie endlich.

Ich habe das Gefühl, dass ein Sturm über mich hinweggezogen
ist.

»Miau.«

4

Und da ist noch was.

Eine Katze.

Eine dicke Katze.

Eine sehr dicke Katze.

Bei meinem Vater hätte ich eher mit einem Rassetier gerechnet, aber es ist eine ganz gewöhnliche Straßenkatze. Ungewöhnlich ist nur ihr Umfang. Ihr Bauch berührt fast den Boden, und ich fürchte, dass mein Vater das arme Tier mästet.

Es sieht mich böse an.

Besser gesagt, sie.

Sie starrt mich an.

»Filomena« hat Gina sie genannt, was für ein komischer Name für eine Katze. Der passt doch eher zu einer alten Dame.

Ich mag Tiere gern, vielleicht sogar mehr als Menschen, deshalb strecke ich spontan die Hand aus, um sie zu streicheln, aber sie faucht und macht einen Buckel, um mir ihre Unzufriedenheit zu demonstrieren. Dann springt sie aufs Sofa und lässt sich dort nieder.

Okay, die Botschaft ist angekommen, wir werden keine Freundinnen, Filomè. Du hast es nicht besser verdient.

Jetzt finde ich endlich Zeit, Jacke und Schuhe auszuziehen, ich nehme meinen Koffer und gehe in mein früheres Zimmer. Ich dachte, es sei jetzt ein Gymnastikraum, ein Ankleidezimmer oder etwas in der Art, aber zu meiner Überraschung stelle ich fest, dass sich nichts geändert hat. Alles ist unversehrt –

das Bett, die alten Fotos an der Wand und sogar mein Ballett-Diplom.

Ich öffne die Fensterläden: Da ist der Balkon, das Meer, der Vesuv und die ganze Bucht von Neapel. Ich stehe vor meiner Kindheit und meinen Erinnerungen und denke an den Tag zurück, an dem wir hier eingezogen sind.

Ich war ungefähr zehn ... Wir kamen aus einer kleinen, düsteren Wohnung in einem alten heruntergekommenen Viertel von Neapel in dieses vornehme Gebäude, eines der schönsten der Stadt, auf einem Felsen oberhalb des Mittelmeers gelegen. Mein Vater schien so stolz zu sein, uns so etwas bieten zu können, meiner Mutter und mir!

Aber ich habe ein paar Monate gebraucht, bis ich mich hier wirklich zu Hause fühlte. Meine frühere Wohnung fehlte mir nicht, aber meine Straße, die Freunde in meinem *rione*, meinem Viertel – und Gina, meine Cousine, die in der Wohnung über uns wohnte. Hier gab es auch Kinder, aber sie waren anders. Sie sprachen perfekt Italienisch, während wir nur Neapolitanisch redeten. Ich hatte das Gefühl, minderwertig, dumm, am falschen Ort zu sein. Unsere abgenutzten Möbel passten nicht zu der Umgebung, sie waren zu klein in diesen weiten Räumen. Mein Vater hatte uns brandneue versprochen. Und tatsächlich, nach und nach wurde das alte Holz bald durch Marmor ersetzt, an die Stelle der alten recycelten Becher traten Kristallgläser ...

Ich konnte mir die Traurigkeit meiner Mutter nicht erklären. Sie hatte unsere alte Wohnung gehasst, aber diese neue verabscheute sie noch mehr. Sie war unglücklich, trotz der atemberaubenden Aussicht und der edlen Einrichtung. Ich hörte oft, wie sie sich stritten. Und lange habe ich mich sehr bemüht, so zu tun, als verstünde ich nicht warum.

Ich packe meinen Koffer aus. Ich habe Sachen für zwei Wochen mitgebracht, hoffe aber, dass ich früher nach Hause fahren kann. Ich stelle mich unter die Dusche, versuche, unter dem Wasserstrahl auf andere Gedanken zu kommen; ich ziehe einen Morgenrock an und gehe in den Weinkeller meines Vaters, um mir ein Glas zu genehmigen.

Filomena sieht mich immer noch schräg an.

»Was ist dein Problem?«

Ich höre mein Telefon in meiner Tasche vibrieren. Der Chat mit meinen Freundinnen beginnt wieder. Diese Gruppe ist für mich wie ein Logbuch, in das man seine Gedanken und Gefühle niederschreibt. Es ist zusammenhanglos, ohne roten Faden, aber wir sind seit mehreren Jahren eng befreundet. Es ist spontan, ungefiltert, ehrlich. Wir sagen uns alles. Jedenfalls beinahe.

Francesca fragt mich, ob ich gut angekommen bin, wie ich mich fühle. Alessandra und Fatima schicken mir Smileys, um mich aufzumuntern. Ich fange an, eine Antwort zu schreiben, aber da ich fürchte, dass es zu lang werden könnte, nehme ich die Nachricht kurz auf.

Luna: Gut angekommen. Im Krankenhaus war es schwierig. Morgen muss ich die Ärzte meines Vaters treffen, um zu verstehen, was los ist. Ich bin wieder in dieser Wohnung, die ich so hasse. Ein ganz komisches Gefühl. Ich würde gern überall sonst sein, nur nicht hier. Ihr fehlt mir schon.

Francesca: Ich werde es nie verstehen, Luna. Der Palazzo Donn'Anna ist doch eine Institution. Ich träume davon, ihn von innen zu sehen, und würde alles darum geben, dort zu wohnen!

Fatima: Weißt du, dass der Legende nach Königin Giovanna dort ihre Liebhaber empfing und sie nach dem Ende der Affäre durchs Fenster ins Meer warf? Sie hat schon damals versucht, das Patriarchat zu stürzen!

Ich lächele und lege mein Telefon beiseite. Natürlich kenne ich all diese Legenden – die Geschichte dieses *palazzo* ist faszinierend. Ich finde nur, dass wir es nicht verdienten, dort zu wohnen.

Herbst 1994

Ich sitze auf dem Balkon vor meinem Zimmer, am Boden. Er ist kühl unter meinen Beinen, weiß und voller Flecken. Ich könnte mich hier hinsetzen, um zu zeichnen, aber dafür bräuchte ich einen kleinen Tisch.

In der Wohnung räumen Mama und Papa die Kartons aus. Keiner ist gekommen, um zu helfen. Das finde ich nicht richtig. Die beiden haben anderen immer geholfen.

Heute Morgen hat Mama im Umzugswagen geweint. Sie war traurig darüber, die andere Wohnung zu verlassen. Im Winter war es dort kalt, im Sommer zu warm; an den Wänden meines Zimmers tauchten schwarze Flecken auf. Ich hatte große Angst davor. Mein Vater hatte mir geraten, sie als Wolken zu betrachten, da hab ich drum herum den Himmel, Sonne und den Regen gemalt, der die Bäume wässerte und die Blumen kaputt machte. Er wurde böse, denn ich malte mit Filzstiften, doch er hat mich nicht bestraft und gab zu, dass es so schöner aussah. Vor allem würde ich jetzt in der Nacht keine Angst mehr haben.

Ich hätte mir gewünscht, dass Gina mit uns umzog, aber ihre Eltern haben kein Geld, deshalb bleiben sie dort und wir können nicht mehr jeden Tag zusammen sein.

Wie werde ich ohne sie klarkommen? Sie schützt mich immer vor den Jungen, die mich ärgern, und schenkt mir Bonbons.

Manche sagen, Papa hätte im Lotto gewonnen. Ich kaufe mit den Münzen aus meiner Sparbüchse für meine Cousine einen Lottoschein, dann können wir wieder zusammenwohnen.

Ich verstehe die Geschichten der Erwachsenen nicht. Zio Gerardo und Papa schreien sich spätabends an.

Warum bin ich so traurig? An den Wänden meines Zimmers gibt es doch keine grauen Wolken mehr.

5

Ich habe recht gut geschlafen. Schlafmittel und Wein sei Dank. Aber das Aufwachen war brutal. Ich träumte gerade, ich wäre am Strand und tauchte ins Meer, und das war ganz verrückt, denn ich meinte wirklich zu fühlen, wie das warme Wasser meinen Bauch flutete. Doch war es weder nur ein Eindruck noch war es Wasser. Es war die Pisse von Filomena, die, falls ich es immer noch nicht begriffen hatte, mich nicht ausstehen kann.

Ich öffne die Augen und sehe, wie sie auf mich pinkelt. Ich schreie, sie faucht, ergreift die Flucht und hinterlässt mir diesen scheußlichen Geruch.

Einen schönen Tag auch!

So fängt der Morgen mit Duschen und Wechseln der Bettwäsche an. Ich koche Tee und lese meine Mails. Es ist noch früh, sieben Uhr siebenundzwanzig.

Der Strand unten ist menschenleer. Ich habe große Lust, an die frische Luft zu gehen.

Als Kind habe ich dort sehr gern gespielt. Ich ging allein mit meinem Eimer, meiner Schaufel und dem großen Lastwagen, den mir *zio* Gerardo geschenkt hatte, hinunter. Ich baute Burgen, während meine Mutter auf dem Balkon las und von dort auf mich aufpasste.

Ich ziehe meine Schuhe aus, um den Sand unter meinen Füßen zu spüren. Das Meer ist das Einzige, was mir in Mailand fehlt. Es hat etwas Beruhigendes, überall, selbst hier in Neapel.

Ich gehe langsam darauf zu, es umspült meine Füße. Es ist eindeutig kälter als Filomenas Pisse! Es tut mir gut. Sein Geräusch beruhigt mich sofort.

Ich habe das Gefühl, der Vesuv starrt mich von drüben an. Ich wende den Blick ab. Mir ist, als begegnete ich einer früheren Liebe, die mir Kummer bereitet hat, und als wüsste ich nicht, wie ich reagieren soll.

Da springt mich überraschend jemand an. Ich unterdrücke einen Schrei: Es ist Gina. Sie schenkt mir ein Lächeln und einen Kuss, zieht ihr mit Pailletten besetztes T-Shirt und ihre quasi durchsichtigen Leggins aus und wirft sich mit String und BH ins Wasser.

»Los komm, es ist herrlich!«

»Nein, du spinnst, es ist kalt! Und ich habe keinen Badeanzug...«

»Den brauchen wir nicht, Luna, komm, genieß es!«

Ich muss über ihre Kühnheit lachen, aber ich schaffe es nicht, ihr ins Wasser zu folgen. Ich sehe, wie sie wild ihre Arme bewegt, sie kann offenbar nicht schwimmen, aber das ist ihr gleichgültig. Sie legt sich gerade auf den Rücken, schließt die Augen und lässt sich schaukeln.

Ein paar Minuten später kommt sie aus dem Wasser, nimmt ein altes Handtuch aus ihrer Einkaufstasche, wickelt sich darin ein und setzt sich neben mich.

»Wenn ich zum Saubermachen komme und schönes Wetter ist, versuche ich immer, genug Zeit zu haben, um mit dem Kopf unterzutauchen. Bei uns ist das Wasser ekelhaft. Letzten Sommer hatten die Kinder jede Menge Flecken auf der Haut, weil sie mitten im Müll geplantscht haben.«

»Wie geht es ihnen? Wie alt sind sie jetzt?«

»Gut, aber sie treiben mich zur Weißglut. Lucia ist sieben, die Zwillinge fünf. Die reinsten Tornados, Luna. Ich könnte mir die Haare ausreißen, das schwör ich dir! Aber sie bedeuten mir alles. Es ist wunderbar, Mutter zu sein. Wann willst du anfangen? Die Uhr tickt, meine Liebe, wir sind nicht mehr so jung!«

Gina und ich sind gleich alt. Wir haben unsere ganze Kindheit gemeinsam verbracht. Als wir hierher umzogen, hat sie ihren Vater gebeten, ihre Lieblingscousine wiederzutreffen. Das hat er ihr lange verweigert. Also verschwand sie einfach. Mit zehn Jahren nahm Gina allein den Bus, um zu mir zu kommen. Schließlich hat *zio* Gerardo nachgegeben. Ich war meinem Onkel böse. Ich konnte nicht verstehen, warum er uns nicht mehr sehen wollte. Dann bin ich älter geworden.

Gina schüttelt ihre Haare und steckt sie mit einer neonblauen Klammer zusammen. Ich sehe sie an – ihre langen pinkfarbenen Fingernägel, ihre ausgelaufene Wimperntusche, ihren abgeblätterten Nagellack an den Zehen … Sie erinnert, wenn man sie so betrachtet, an einen Regenbogen. Sie mochte schon immer alles, was schrill war, Pailletten, Spitzen, grelle Farben. Es ist, als wollte sie auf nichts verzichten, also trägt sie alles auf einmal.

Neulich sah ich ihre Fotos auf Facebook und habe mich über sie amüsiert, ich habe meine auffällig gekleidete Cousine sogar meinen Freundinnen gezeigt. Aber jetzt, da ich sie neben mir sehe mit ihrem einladenden Lächeln und ihrer Freude, mich wiederzusehen, schäme ich mich. Ich bin sicher, dass sie sich mir gegenüber nie so benommen hätte. Gina lässt sich von keinem etwas gefallen, aber sie hat ein goldenes Herz.

Ich helfe ihr aufzustehen, und wir gehen wieder in die Wohnung.

Ich erzähle ihr, dass Filomena mich heute früh getauft hat. Gina lacht darüber. Jetzt öffnet sie alle Fenster und fängt an aufzuräumen. Sie kennt die Wohnung meines Vaters wie ihre Westentasche und putzt bis in alle Ecken. Dazu singt sie einen Song von Gigi d'Alessio. Mit Bedauern stelle ich fest, dass ihr Musikgeschmack unverändert ist.

Wenn man sie so betrachtet, könnte man meinen, dass sich für sie nichts geändert hat. Es ist, als setzten wir unser Leben genau an der Stelle fort, an der wir es vor Jahren unterbrochen haben. Ich habe Gina seit sieben Jahren nicht gesehen. Ich habe die Beziehung zu ihr aufgegeben, als hätte ich sie hiergelassen mit allen anderen Dingen, den Erinnerungen, den alten Fotos, den Gewissensbissen und der Schuld.

6

Als ich im Krankenhaus ankomme, ist es zehn Uhr. Ich habe mich geweigert, in einem der Wagen meines Vaters zu fahren, und habe ein Taxi genommen, was ich sogleich bereut habe. Der Fahrer hat auf der gesamten Fahrt geschwätzt und mich ausgefragt. Man müsste den Kindern in allen Schulen Neapels beibringen, dass es so etwas wie Privatsphäre gibt.

Es soll eins der besten Krankenhäuser der Stadt sein, es ist auch das neueste, aber der Geldmangel und frühe Schäden am Bau springen einem ins Auge. Ich bin schockiert.

Als ich das Zimmer meines Vaters betreten will, hält eine Schwester mich auf. Ich erkenne das Lächeln von gestern.

»Sie ziehen ihn gerade um, warten Sie hier einen Moment. Er ist wach, Sie können mit ihm sprechen, aber im Augenblick fällt ihm das Antworten noch schwer.«

Da kommt ein Arzt auf mich zu und reicht mir die Hand.

»*Signora* Esposito?«

Ich nicke.

»Wir haben Sie erwartet. Kommen Sie mit in mein Büro.«

Ich folge ihm. Er ist ein hochgewachsener, gutaussehender Mann, wir dürften ungefähr gleich alt sein. Er sieht müde aus, offenbar hatte er in der letzten Nacht Dienst.

»Ihr Vater kam vor ein paar Tagen in einem schlimmen Zustand hier an. Wir mussten zwei Notoperationen durchführen, die aber gut verlaufen sind. Er ist körperlich sehr angestrengt und kann noch nicht wieder sprechen. Das kann ein paar Tage oder auch ein paar Wochen dauern.«

Er erklärt mir, dass sie in seinem Gehirn ein Gebilde gefunden haben, das den Fluss der Rückenmarksflüssigkeit hemmt und dass Ciro Esposito, mein Vater, beinahe gestorben wäre. Sie haben eine Drainage gelegt, um die Flüssigkeit herauszulassen, und dann durch die Nase versucht, den Tumor zu entfernen. Sie haben nicht alles erwischt, aber genug, um ihn analysieren zu lassen und über die weitere Behandlung zu entscheiden. In ein paar Tagen müssten die Ergebnisse vorliegen.

Ich danke ihm und kehre zurück zu Zimmer 217. Die Schwester ermutigt mich mit einem Kopfnicken.

Seine Augen stehen offen. Als ich ins Zimmer komme, wendet er sie mir automatisch zu; und doch habe ich den Eindruck, dass er mich nicht sieht. Ich gehe vorsichtig auf ihn zu. Ich rechne mit einer Reaktion, aber sie erfolgt nicht.

Nebenan liegt ein Mann, der schläft. Seine Frau hält ihm die Hand und beobachtet mich.

»Bist du seine Tochter? Dein Vater sieht ganz schön schlimm aus. Aber sein Bruder hat mir erzählt, dass er ein Dickschädel ist, da wird er sich bestimmt erholen. *Adda passà 'a nuttata.*«

»Die Nacht geht vorüber«, sagt sie. Das ist ein neapolitanisches Sprichwort und bedeutet, dass der böse Augenblick früher oder später verrinnt.

Sie ist ungefähr sechzig, vielleicht etwas älter. Ihr Haar ist unfrisiert, so als wäre sie gerade aufgewacht. Sie sitzt wohl schon seit Stunden auf diesem unbequemen Stuhl.

»Du musst mit ihm reden. Selbst wenn er nicht antworten

kann, hört er dich. So mache ich es auch mit Pasquale. Nicht wahr, Pascà? Irgendwann wirst du schon antworten und mir sagen, ich soll die Klappe halten«, sagt sie und streichelt ihm übers Haar.

Der Schmerz in meiner Brust von gestern kehrt zurück.

Ich bin überrascht. Mein Vater hat es nicht verdient, dass man seinetwegen leidet. Wie oft hat er mir gesagt, man solle seine Zeit nicht für Leute vergeuden, für die es sich nicht lohnt. Ich wäre gern so unsensibel wie er, aber man muss wohl anerkennen, dass Hunde manchmal Katzen hervorbringen.

»Papà?«

Er sieht mich an und runzelt die Stirn.

»Papà, hörst du mich?«

Er nickt, seine Lippen sind trocken.

»Willst du etwas trinken?«

Wieder nickt er.

Ich reiche ihm die kleine Wasserflasche von seinem Nachttisch, aber er nimmt sie nicht.

»Du musst sie ihm geben, meine Kleine«, rät mir die Frau.

Ich weiß nicht wie. Gleich werde ich losheulen wie ein Kind. Die Nachbarin sieht es. Sie steht auf, geht ums Bett herum, nimmt mir die kleine Flasche aus der Hand und führt sie vorsichtig an den Mund meines Vaters.

»Siehst du, es ist gar nicht schwer. Es liegt zwar nicht in der Natur der Dinge, ist aber nicht so kompliziert.«

7

Mehrere Stunden habe ich in diesem düsteren Zimmer verbracht. Mein Vater hat viel geschlafen. Als sie um 13 Uhr sein Mittagessen brachten, habe ich erfahren, dass man ihn sogar füttern muss. Ich war erleichtert, als er ablehnte. Die Schwester hat mir gesagt, ich solle ihn nicht zwingen, und so habe ich ihn nicht bedrängt, was mir nur recht war.

Signora Anna, die Nachbarin, die, soweit ich beobachten konnte, in jedem Satz ein neapolitanisches Sprichwort verwendet, kümmerte sich kein bisschen um die Meinung ihres Mannes, der sie mit Blicken anflehte, sie nicht weiter mit Essen vollzustopfen.

Er musste alles aufessen, dazu weitere Kleinigkeiten: zwei Bananen und ein Stück Ricotta-Kuchen. Ich dachte, der arme Pasquale würde platzen. Er wandte den Kopf ab, aber sie hat ihm alles eingetrichtert.

»Du musst essen, sonst kommst du hier nie raus, ich habe die Schnauze voll, mein Hintern ist schon quadratisch von diesem Stuhl. Pascà! *Capito?* Es fehlte noch, dass du an Hunger stirbst. Vergiss nicht: *O cane motteca 'o straccato.*«

»Der Hund beißt den Bettler«, schärft sie ihm ein, um zu sagen, dass das Schicksal sich gerne auf diejenigen stürzt, denen es ohnehin schon schlecht geht.

Ich habe heute einen Pfleger gesehen, der fallen ließ, was er in der Hand hatte, dann alles vom Boden aufhob und wieder auf seinen Wagen packte, ohne es zu desinfizieren. Aber warum sollte er mit so etwas Zeit verlieren? Danach kam derselbe Pfleger und maß bei meinem Vater Fieber mit einem Thermometer, das er ihm unter die Achsel schob – Gott sei Dank nicht rektal. Gerade vorher hatte er dasselbe beim Patienten nebenan gemacht, natürlich, ohne vorher das Thermometer sauberzumachen … Als ich ihn darauf hinwies, dass das nicht sehr hygienisch sei, sagte er mir, ein Hirntumor sei nicht ansteckend! Mir verschlug es die Sprache, und ich gab auf. Ich habe den Eindruck, um fünfzig Jahre zurückversetzt zu sein, und frage mich, wie manche hier ihr Pflegerexamen bestanden haben.

Ich kehre in den Palazzo Donn'Anna zurück, um mich auszuruhen, aber ich habe nicht mit Gina gerechnet, die standhaft auf mich gewartet hat.

»Du hast meine *parmigiana* ja gar nicht angerührt! Schmeckte sie etwa nicht? NIEMAND kann meiner *parmigiana* widerstehen!«

»Ich hatte einfach keinen Hunger, ich esse sie heute Abend, versprochen.«

»Nein, heute Abend kommst du zu uns zum Essen. Die Kinder wollen dich sehen. Du hast die Zwillinge doch noch gar nicht kennengelernt!«

»Also ich …«

»Ich will nichts weiter hören, Luna, nichts. Ich rechne um acht Uhr mit dir. Ich mach mich jetzt auf den Weg, hier bin ich fertig. Ach, übrigens, Filomena hatte in deinen Koffer gepisst. Ich habe alles gewaschen und ihn zum Trocknen rausgestellt.«

Diese Katze bringe ich um.

Die Sonne fängt an, ihre Zelte abzubrechen, und hinterlässt am Vulkan einen rosafarbenen Streifen. Eine Schönheit, die durch diese verdammte Stadt verdorben wird.

Ich nutze den Moment der Entspannung, um meine Mutter anzurufen. Wie ich lebt auch sie in Mailand und wir sehen uns fast jeden Tag. Sie fehlt mir.

»*Mà!*«

»Luna, wie geht es dir, meine Süße?«

»Was glaubst du?«

»Wie geht es deinem Vater?«

»Er ist nicht tot, aber auch nicht so richtig lebendig.«

»Tut mir sehr leid …«

»Wirklich?«

»Wirklich, ja, ich wünsche ihm ja nichts Böses.«

»Das hätte er aber verdient.«

»Du fehlst mir.«

»Du fehlst mir auch, Mama. Wusstest du, dass Papa eine Katze hat, die Filomena heißt?«

»Ha, ha, nein!«

»Sie hasst mich und pisst auf mich drauf. Auch auf meine Sachen.«

»Sie markiert ihr Gebiet.«

»Ich habe nichts mit ihrem Gebiet im Sinn! Ich hasse diese Wohnung.«

»Ich weiß, *tesoro*. Hab ein wenig Geduld; ich hoffe, du kannst bald wiederkommen. Ich kümmere mich um deine Pflanzen, keine Sorge. In der Galerie läuft alles gut. Ich habe heute Morgen eins deiner Bilder verkauft.«

Ich sitze am Küchentisch und bin einem Nervenzusammenbruch nahe, weine wie ein Kind. Ich weiß nicht, ob aus Traurigkeit, Angst oder vor Wut. Wahrscheinlich eine Mischung von allem. Ich schniefe laut, nach vorn gebeugt, den Kopf auf den gekreuzten Armen, da spüre ich, wie Filomena sich an meinen Haaren reibt. Ich richte mich auf, halb gerührt, halb erstaunt ... Hat sie meinen Kummer gespürt und verbirgt sich unter ihrem seidigen Fell vielleicht ein Herz? Ich nähere mich mit dem Gesicht, um sie zu streicheln und das Kriegsbeil zu begraben, da beißt mich das Biest in die Augenbraue und ohrfeigt mich – ja, sie ohrfeigt mich –, bevor sie triumphierend auf ihr Sofa zurückkehrt. Okay, sie wollte mir wohl klarmachen, dass ich ruhig sein soll.

8

Gina wohnt immer noch im Viertel unserer Kindheit, aber als sie Antonio geheiratet hat, ist sie zwei Wohnhäuser weitergezogen. Es ist seltsam, wieder ins Herz von Neapel zu kommen. Eigentlich hat sich nichts geändert. Schon vor dreißig Jahren waren die Fassaden schmutzig, und man fragt sich, wieso sie noch nicht eingestürzt sind. Sie sind wie Seelen, die das Leben verletzt hat und um die sich niemand kümmert. Die Müllwagen kotzen auf die Bürgersteige. Auf der einen Seite der Müllgeruch, auf der anderen Seite der von frischer Wäsche, die an den Fenstern trocknet.

Auf dem Weg hierher war ich in einer Buchhandlung, um den Kindern Bücher zu kaufen, denn ich wollte nicht mit leeren Händen kommen. Ich habe auch Blumen beim Floristen besorgt und eine gute Flasche Wein aus dem Keller meines Vaters mitgebracht. Wenn er merkt, dass sie fehlt, bin ich schon wieder weg.

Lucia, Ginas Tochter, öffnet mir die Tür.

»Da ist *zia* Luna! Du hast recht, Mama: sie ist sehr hübsch!«

Eine nette Art, jemanden zu begrüßen, finde ich.

Ich betrete die düstere Wohnung, sie ist klein, aber gemütlich. Ein köstlicher Geruch hängt in der Luft.

»Ich habe dein Lieblingsessen gekocht, *spaghetti a vongole*!«

Sofort läuft mir das Wasser im Mund zusammen. Ich bin berührt, dass sie sich so genau an meinen Geschmack erinnert, und bin mir nicht sicher, ob ich ihren noch kenne.

In diesem Moment brechen zwei Tornados in die Küche ein, Mario und Alfonso stürzen sich auf mich. »*Zia* Luuuuuna!«

Ich bin es nicht gewohnt, *zia* genannt zu werden. Nie hätte ich gedacht, dieses Glück zu erleben – als Einzelkind habe ich ja keine Nichten und Neffen. Aber Gina war wie eine Schwester für mich, und deshalb ist es nicht so verwunderlich, dass ich für ihre Kinder wie eine Tante bin.

Ich beuge mich zu ihnen herunter, um sie näher anzuschauen. Ich habe sie auf Fotos gesehen, aber sie wirken jetzt viel größer.

»Und wer bist du?«

»Ich bin Mario, und er ist 'Fonz.«

Sie sehen sich unglaublich ähnlich. Gott sei Dank sind sie nicht gleich angezogen, so kann ich sie unterscheiden.

»Geht Hände waschen, ihr Schmutzfinken, Papa kommt bald nach Hause und dann essen wir.«

»Arbeitet er immer noch so lange?«, frage ich.

»Ja, dreimal in der Woche erledigt er nach der Fabrik noch kleine Arbeiten für Leute im Viertel: eine Waschmaschine reparieren, Alten beim Einkaufen helfen, Internet-Probleme lösen …«

»Dein Antonio ist wirklich fleißig.«

»Er hat keine Wahl. Wir müssen diese drei schließlich ernähren. Sie bestehen nur aus Mägen, du ahnst nicht, was für Unmengen sie verschlingen! Das haben sie natürlich von meinem Vater. Sie ruinieren mich irgendwann noch.«

Ich setze mich an den kleinen Küchentisch. Hier wird das Esszimmer nur für besondere Gäste benutzt, und das bin ich nicht – ich gehöre zur Familie und muss zugeben, es tut mir gut, das festzustellen. Bei mir macht Gina keine Umstände. Ich mag ihre Einfachheit und Ehrlichkeit.

Antonio kommt nach Hause. Auch er hat Blumen mitgebracht. Er umarmt mich und sagt, er freue sich, mich zu sehen, dann küsst er seine Frau. Man sieht, dass die beiden sich lieben. Sie tun nicht nur so, und das nach zehn Jahren und mit drei Kindern.

Ich war ihre Trauzeugin. Sie hat drei Brüder, aber sie hatte mich dafür ausgesucht. Ich erinnere mich an diesen Tag, als sei es gestern gewesen. Sie war gar nicht aufgeregt, ich war es viel mehr als sie. Ich weiß noch, dass ich sie gefragt habe, warum sie an einem solchen Tag so ruhig sei. »Weil ich die richtige Wahl getroffen habe«, antwortete sie und küsste mich auf die Stirn. »Ich war nie glücklicher als in diesem Moment. Ich liebe ihn, Luna *chiara*, er ist der Mann meines Lebens. Wenn du so weit bist und ich sehe, dass du Angst hast, sage ich dir, dass du fliehen sollst.«

»Weißt du noch, dass du früher immer Luna *chiara* zu mir gesagt hast, Gina?«

»Natürlich. Wenn du gelächelt hast, hast du geleuchtet ... ein echter Sommermond, hell und ohne Wolken.«

»So nennst du mich nicht mehr.«

»Weil sich dein Blick verdüstert hast und dein Herz im Winter ist«, antwortet sie.

Ich weiß nicht, was ich sagen soll. Zum Glück ist die Pasta fertig: Die *vongole* retten mich. Beim Essen geht es lebhaft zu. Die Kinder erzählen Kindergeschichten: Mario versucht, das

Buch zu entziffern, das ich ihm mitgebracht habe, und Lucia erklärt mir stolz, dass sie versucht, ihm das Lesen beizubringen. Alfonso denkt nur an eins: den Nachtisch. Ihre Mutter hat einen *babà* gemacht, und den mag er besonders gern. Antonio ist eher still, er überlässt seiner Frau das Geschehen, die mir von ihrem Alltag und ihrer Großmutter erzählt, nach der sie jeden Tag sehen muss. Wie schafft sie es bloß, sich an einem Tag um so viele Leute zu kümmern? Mir fällt es schon schwer, mich um mich selbst zu kümmern ...

»Sie hat ein Armband mit einem Knopf, auf den kann sie drücken, wenn ihr etwas zustößt. Dann meldet sich eine Stelle, die fragt, was für ein Problem sie hat, und wenn es notwendig ist, rufen sie mich an. Sie drückt wegen der kleinsten Dinge auf den Knopf! Jedes Mal, wenn das Telefon klingelt und ich die Nummer sehe, erschrecke ich und denke, gleich stirbt sie. Neulich war sie auf der Toilette und hatte kein Papier mehr.«

Ich muss lachen. Dieser Abend tut mir gut. Damit hatte ich nicht gerechnet.

Antonio bietet mir an, mich nach Hause zu fahren. Ich lehne ab. Er sieht erschöpft aus, ich nehme ein Taxi. Gina verabschiedet sich erst, nachdem sie mich in den Wagen gesetzt hat. Sie wiederholt tausendmal, dass ich aufpassen soll. Sie scheint wirklich beunruhigt.

»Lass das Telefon in der Nähe und ruf mich an, wenn du da bist.«

»Das tue ich.«

Ich lächele ihr zu.

»Gute Nacht, Luna *chiara*, die Wolken verziehen sich wieder.«

Sommer 1999

Nach dem Abend hat Gina sehr geweint, wollte mir aber nicht sagen, warum. Ich bin ihr böse, weil es für mich ein schöner Abend war. Ein Moment, auf den ich lange gewartet hatte. Ich habe Fabio mit der Zunge geküsst.

Es war das erste Mal. Sehr angenehm fand ich es nicht. Dabei hatte ich in meinem Zimmer mit den lebensgroßen Dylan-Postern geübt. Die Wirklichkeit ist weniger sympathisch. Fabio hat mir seine große Zunge in den Mund gesteckt und sie nicht bewegt. Er stand einfach da und machte nichts, während ich versuchte, meine irgendwie zu bewegen; einfach war das nicht. Mir wurde sogar übel, so sehr, dass mir die Tränen kamen. Dieser Idiot hat gedacht, ich weine aus Rührung, weil es unser erster Kuss ist, dabei habe ich mich nur furchtbar konzentriert, damit mir nicht mein Mittagessen hochkommt. Ich hätte gern weitergemacht, um zu sehen, ob wir es besser machen können, aber da ist Gina wie eine Furie im Wohnzimmer von Micheles Eltern aufgetaucht und hat mich gezwungen, nach Hause zu gehen. Wir sind ein paar Schritte gegangen, da hat sie gesagt, sie hätte Bauchschmerzen. Wir sind in eine Bar gegangen, damit sie auf die Toilette gehen konnte. Als wir dann in meinem Zimmer waren, hat sie sich von mir eine Jogging-Hose geliehen. In meinem Badezimmer hat sie sich umgezogen und hat sich in meinem Bett ganz eng zusammengerollt. Ich habe ihr keine Fragen gestellt. Aber ich habe ihr frisches Brot mit Kinderschokolade gebracht, das liebt sie. Sie hat sich die Tränen abgewischt und alles gegessen. Dann hat sie noch gesagt, die Typen seien alle Idioten. Ich habe ihr zugestimmt. Alle, mit einer Ausnahme: Dylan McKay.

9

Diesmal hatte ich die Tür zugemacht. Filomena konnte also nicht auf mich pinkeln, aber sie hat direkt vor mein Zimmer gepisst, so dass ich früh am Morgen, als ich mit nackten Füßen herauskam, in der Pfütze ausgerutscht, der Länge nach auf den Kacheln hingefallen bin und mir den Kopf gestoßen habe. Ich hätte dabei glatt umkommen können. Was für ein idiotischer Tod das gewesen wäre, von einer Katze ermordet!

Fatima: Guten Tag, geht's euch gut? Sehr hart heute Morgen, sehr, sehr hart …
Alessandra: Titel
Luna: Titel
Francesca: Titel

Ein kleines Spiel unter uns Freundinnen, wir sagen »Titel«, wenn jemand einen Satz schreibt, der Titel eines Pornofilms sein könnte. Das ist albern, aber wir amüsieren uns köstlich.

Es ist zu früh, um ins Krankenhaus zu fahren, aber ich will so wenig Zeit wie möglich in dieser Wohnung verbringen. Deshalb habe ich beschlossen, mir doch einen Wagen meines Vaters zu leihen und an einen Ort zu fahren, den ich früher sehr mochte. In der Hoffnung, dass der Zauber immer noch wirkt.

Ich nehme den kleinsten, einen Mini Cooper. In der Sammlung seiner Rennschlitten scheint mir dieser noch am besten zur Stadt zu passen. Neapel ist schon erwacht, wir sind beide Frühaufsteher. Ich habe den Eindruck, vormittags mehr Energie zu haben, und mehr Zeit, alles ist dann heller und zugänglicher.

Ich erreiche das Kloster *Santa Chiara* gerade, als es geöffnet wird. Als ich mich dem Schalter nähere, muss ich lächeln, denn ich habe Claudio wiedererkannt, der dort schon arbeitete, als ich Jugendliche war. Ich kam so oft, dass er mich irgendwann hereinließ, ohne Eintritt zu nehmen. Ich lächele ihn an, aber er erkennt mich nicht. Es ist ja auch wirklich lange her.

Ich verbrachte damals ganze Tage in dem von Domenico Antonio Vaccaro umgebauten *chiostro maiolicato* im Herzen des Klosters. Dieser Ort hat etwas Magisches, der beruhigend auf mich wirkte. Wenn ich vom Lärm der Stadt genug hatte, flüchtete ich mich hierher, irgendwo zwischen die zweiundsiebzig Pfeiler dieses zeitlosen Gebäudes. Ich wechselte den Platz nach dem Stand der Sonne, um ihr zu entgehen oder sie zu genießen.

Heute Morgen sind nur wenige Touristen da. Ein Tag im Mai mitten in der Woche. So finde ich gleich den Frieden wieder, auf den ich gehofft hatte. An den Wänden des Klosters sind Szenen aus dem antiken Neapel zu sehen. Die Bänke, die Pfeiler des Gartens, von Zitronen geschmückt, die Oliven, die Weinreben, die jahrhundertealten, vom Wind gewiegten Bäume mit einer sanften Melodie wie ein Wiegenlied … Alles ist so wie in meiner Erinnerung, ich setze mich in die Sonne und lasse den Zauber auf mich wirken.

Ich weiß nicht, wie lange ich mit halb geschlossenen Augen dasitze. Eine Stunde, vielleicht zwei. Ich muss alle Kräfte zusammennehmen, um aufzustehen und ins Krankenhaus zu fahren.

Durch den Verkehr komme ich zurück in die Wirklichkeit und denke wieder an die Beziehung zu meinem Vater. Er war mein Held. Wir führten ein sehr bescheidenes Leben, aber ich bewunderte alles, was er in die Wege leitete, damit es uns an nichts fehlte. Er arbeitete unermüdlich im Hafen, wie sein Bruder. Immer bekam ich zu meinem Geburtstag genau das Geschenk, auf das ich gehofft hatte, auch wenn er dafür Überstunden machen musste. In einem Jahr hatte er so viel gespart, dass wir für zwei Tage nach Ischia fahren konnten, und nie hatte ich ihn so froh und stolz lächeln sehen. Aber dieses Lächeln habe ich danach auf seinem Gesicht nie mehr wiedergefunden.

Meine Mutter arbeitete als Näherin. Sie erhielt ein paar Aufträge von Nachbarinnen, nähte Kleider und Hauswäsche. So konnte sie ein wenig Geld verdienen und sich gleichzeitig um mich kümmern. Als wir nach Donn'Anna zogen, hat sie damit sofort aufgehört.

»Dein Vater sagt, ich brauche das jetzt nicht mehr ...«

Als wäre Arbeiten etwas Erniedrigendes gewesen. Als wolle er beweisen, dass er jetzt alles allein schaffen konnte.

Seine Arbeit im Hafen dauerte zunehmend länger. Er war davon gezeichnet und sehr müde. Er sagte, das sei der Preis, den er für seine »Beförderung« zahlen müsse. Ich machte mir Sorgen um ihn, doch er beruhigte mich. Bald wäre alles zu Ende. Er erklärte, er mache das alles, damit wir ein »schöneres Leben« hätten.

Er hatte recht, es war alles ziemlich schnell gegangen. Aber es war nicht das Ende, sondern es fing erst richtig an. Es war der Beginn eines Lebens, das wir nie gewollt hatten.

10

Heute sitzt er in seinem Bett, doch sein Blick ist immer noch leer. *Signora* Anna von nebenan ist schon auf ihrem Posten. Sie hebt und senkt die Beine ihres armen Mannes.

»Ich mache ein bisschen Gymnastik mit ihm, damit er in Form bleibt.«

Ich sehe die Verzweiflung in seinen Augen. Er sieht mich an, als bäte er mich, ihr zu sagen, dass sie aufhören soll.

»Heute Morgen hat er meinen Namen gesagt! Ich freue mich. Der Arzt hat mir versichert, dass alles andere bald auch wiederkommt. Dann kann er mich wieder zum Teufel schicken, stimmt's, Pascà?«

Er nickt, und wir beide lachen.

Signora Anna versucht meistens, ihr Neapolitanisch zu verbergen, indem sie in jeden Satz ein oder zwei italienische Wörter einfließen lässt. Immer wieder fragt sie mich, ob ich verstehe, was sie erzählt, und dann beruhige ich sie.

»Da du nicht von hier stammst...«

Neulich im Taxi habe ich es noch als Kompliment aufgefasst, nicht als Neapolitanerin zu gelten, aber heute nicht mehr. Ich weigere mich, diesen Dialekt zu sprechen, den ich ziemlich vulgär finde. Andererseits: Will ich wirklich meine Wurzeln derart verleugnen? Ist meine Wut auf diese Stadt stärker als meine eigene Geschichte, meine Identität?

»Papà, Papà, hörst du mich?«

Es scheint so zu sein.

»Weißt du, wer ich bin?«

Erneutes Nicken. Er versucht, den Mund zu öffnen, aber der zittert so sehr, dass er ihn schnell wieder schließt. Ich habe den Eindruck, dass die kleinste Bewegung seine Kräfte überfordert.

In diesem Augenblick kommt mein Onkel herein und fragt nach der Gesundheit seines jüngeren Bruders. Er redet nie direkt mit ihm. Die beiden sprechen seit langer Zeit nicht mehr miteinander, aber *zio* Gerardo hat die Rolle des älteren Bruders nie ganz aufgegeben. Er fühlt sich für meinen Vater verantwortlich. Auch wenn er ihn von sich fernhält, soweit es möglich ist, kommt er ihm doch immer wieder zu Hilfe, wenn es Probleme gibt. Und es hat einige gegeben.

Das Tablett mit dem Essen wird gebracht. Mein Onkel setzt sich meinem Vater gegenüber, legt ihm eine Papierserviette auf den Oberkörper und gibt ihm zu essen, als sei das ganz normal. Währenddessen fragt er mich, wie der gestrige Abend bei Gina war. Er will wissen, wie ich seine Enkelkinder finde.

»Hast du gesehen, wie schön sie sind? Die Jungen sehen mir ähnlich, oder? Und Lucia ist so intelligent … Sie wird Anwältin, nein, Beamtin. Ich liebe sie alle so sehr!«

Seine Augen funkeln. Er erzählt mir von ihren Fertigkeiten, ihren Dummheiten. Er lacht, während er seinem Bruder die *pasta asciutta* zuführt, der widerspruchslos mitspielt. Er wischt ihm den Mund ab und gibt ihm zu trinken. Dabei redet er kein Wort mit ihm. Er erzählt mir von seiner Frau, die starb, als seine Kinder noch klein waren, und über deren Tod er nie hinweggekommen ist.

»Weißt du, sie fehlt mir jeden Tag. Ich versuche, seit langem Vater und Mutter zugleich zu sein. Ich bin müde, Luna, sehr müde.«

Ich lege die Hand auf seinen Arm.

»*Zia* Enrica war eine unglaubliche Frau. Ich denke oft an sie.«

Ich sehe mir seine Hände an, die Hände von jemandem, der sein ganzes Leben gearbeitet hat. Neben denen meines Vaters könnte man sie für schmutzig halten, aber *zio* Gerardos Hände sind sauber.

»Du erinnerst dich noch an sie, nicht? Sie hatte dich so gern! Du warst für sie wie eine Tochter.«

»Ich weiß, und sie machte die beste Lasagne der Welt.«

»Ich würde alles dafür geben, sie noch einmal zu essen. Ich habe sie nie so gut hingekriegt. Na ja, ich bin einfach kein guter Koch. Gina macht sich immer lustig über mich. Was für ein Leben, mein Kind. Der Herr holt die Besten zuerst ... Nicht wahr, mein Bruder, du musst dir keine Sorgen machen ...«

Gestern ist zia Enrica gestorben. Heute sind wir alle in der Kirche, um ihr auf Wiedersehen zu sagen. Ich habe noch nie so viel geballte Traurigkeit an einem Ort gesehen.

Papa hat meine Mutter und mich hingefahren, ist selber aber draußen geblieben. Mama hat ihm zugerufen, er sei ein Dummkopf und werde es noch bereuen. Er senkte den Kopf und sagte nichts, was hieß, er gab es zu.

Ich habe mich neben Gina gesetzt, um ihre Hand zu halten. Sie starrt auf den Sarg ihrer Mutter, und ich denke, wenn sie so weitermacht, wird es ihr gelingen, sie wieder zum Leben zu erwecken. Alle erzählen, dass meiner Tante ein malore, *ein Unglück, widerfahren sei. Gestern ging sie einkaufen und fiel auf der Straße hin, ganz plötzlich. Als hätte ein Unsichtbarer mit einer lautlosen Waffe auf sie geschossen, so dass sie keine Chance hatte zu entkommen.*

Sie hatte Orangen gekauft und ihre Einkaufstasche war gut gefüllt. Die Orangen fielen um sie herum zu Boden. Ich habe mich geschämt, als ich mir vorstellte, was für ein schöner Anblick das gewesen sein muss. Die Farbe in all diesem Grau. Der Himmel, die Straße und ihr Gesicht am Boden. Ich hätte es gern gemalt. Das war die Ironie des Lebens.

Natürlich mache ich es nicht. Ich will Gina nicht wehtun. Ihre Hand ist kalt wie der Tod, der ihr die Mutter weggenommen hat. Kalt wie dieser Winter, der nicht aufhört. Kalt wie das Hassgefühl, das langsam, aber sicher in mir aufsteigt.

11

Die freundliche Krankenschwester hat mir gesagt, ich soll meinen Vater beschäftigen. So bin ich losgegangen und habe Kreuzworträtsel gekauft, seine Leidenschaft. Ich lese die Definitionen und schlage ihm Antworten vor. Er schüttelt den Kopf, bis ich die richtige gebe. Manchmal lächelt er sogar. Dann wieder ärgert er sich, wenn ich die Antwort nicht finde.

»Wenn du so schlau bist, dann sag du es doch!«

Dann verdreht er die Augen. Seine Verärgerung, muss ich gestehen, gibt mir eine gewisse Genugtuung.

Er hat noch viel geschlafen. Seine Hände kann er inzwischen besser gebrauchen und hat schon allein getrunken. Aber er sagt noch immer kein Wort. So schnell kann ich nicht wieder nach Mailand fahren.

Bevor ich zum Palazzo Donn'Anna fahre, besorge ich mir Leinwand, Farben und Pinsel. So kann ich wenigstens produktiv sein. Sollte ich ein Bild fertigbekommen, schicke ich es nach Mailand.

Eins ist mir trotz mehrerer Versuche nie gelungen: den Vesuv zu malen. Ich habe den Eindruck, dass ich es nie schaffen werde, alles, was ich bei seinem Anblick empfinde, auf die Leinwand zu bringen.

Dieser Vulkan hat mich schon immer fasziniert. Er ist erhaben und gefährlich, beherrschend und beruhigend, anormal ruhig und still. Beängstigend und geheimnisvoll. Der Vesuv kann in einer Stunde alles schenken und alles wieder nehmen. Er ist eine Zeitbombe, auf der vier Millionen Menschen leben. Die Vulkanologen haben für den Fall eines neuen Ausbruchs einen Evakuierungsplan erstellt. Alle sind sich einig, dass es passieren wird. Es würde Tage brauchen, um alle in Sicherheit zu bringen – wenn die Einwohner mitspielen. Falls sie mitspielen.

Im Grunde ist von vornherein klar, was passiert. Disziplin ist für die Neapolitaner, was für die Franzosen die Freundlichkeit ist.

Ich richte mich in meinem Zimmer ein; von meinem Balkon aus ist die Sicht auf die Bucht wunderschön. Dennoch bin ich wie blockiert.

Ich beschließe, ein Glas Wein zu trinken, um mich etwas zu entspannen, da erscheint auf meinem Smartphone der Hinweis auf eine Nachricht. Ich freue mich, denn ich bin sicher, dass es meine Freundinnen sind. Nein. Mein Herz setzt für einen Schlag aus.

Ich denke an dich und ich liebe dich.

Da wollte ich in aller Ruhe mein Glas trinken, doch jetzt stürze ich es herunter und gieße mir ein zweites ein, wo ich schon einmal dabei bin.

Ich setze mich wieder vor meine weiße Leinwand. Die Häuser und Gebäude stehen gestaffelt hintereinander, alle wollen ganz vorn sein, um das Meer zu sehen. Man hat ein seltsames Gefühl der Atemnot, wenn man sie betrachtet, doch es lässt sofort nach, wenn man den Blick aufs Wasser richtet. Die Lichter des sich ankündigenden Abends lösen nach und nach die Sonnenstrahlen ab und erleuchten die Landschaft vom Ufer her. Hier wird es nie ganz dunkel.

Mein Blick wird von einer Frau angezogen, die unten am Strand weilt. Es sieht aus, als suche sie nach etwas im Sand, vielleicht ein verlorenes Schmuckstück. Sie trägt ein langes Kleid, das im Wind tänzelt, ihr langes Haar hat sie hochgesteckt. Sie läuft spielerisch vor den Wellen weg, damit ihre nackten Füße nicht nass werden. Sie hat etwas an sich, das mich berührt, ihr schmaler Hals, ihre feinen Ketten.

Der Vesuv muss noch warten. Die Frau geht weiter über den Sand und verschwindet aus meinem Blick, doch ihr Bild ist jetzt auf meiner Netzhaut eingraviert, irgendwo in meinem Kopf; ich brauche nur die Augen zu schließen und schon kann ich mich an jedes Detail erinnern. Ihre natürliche Schönheit, ihre Sanftheit, ihre anmutigen Bewegungen ... Mein visuelles Gedächtnis täuscht sich nie, tausende Dateien sind auf meiner Festplatte – der Mann im Camel-Mantel, der an einem Wintermorgen aus der Mailänder Metro kommt, der Strandverkäufer mit Augen so hell wie das Meer, dem ich in Apulien begegnet bin, die Gruppe der alten Damen auf dem Marktplatz. Ich fotografiere mit den Augen und bewahre so das Gesehene auf. Manchmal, so wie heute, habe ich Lust, eine Momentaufnahme auf der Leinwand festzuhalten.

Ich habe zu viel Weißwein getrunken. Eigentlich nicht zu viel, sondern genau die Menge, die ich brauche, um mich wohlzufühlen. Dann male ich leichter und würde gern tanzen, fühle mich unbeschwert und glücklich. Drei Gläser Wein sind das richtige Maß, vier wären eins zu viel.

Es klingelt an der Tür. Ich öffne und vor mir steht eine elegante alte Dame in aristokratischer Haltung, mit perfektem Haarknoten und einem riesigen Rubin an der rechten Hand.

»Guten Abend, *signurì*, ich bin die Nachbarin von oben. Ich wollte fragen, wie es Ihrem Vater geht.«

»Guten Abend, danke der Nachfrage, er ist im Krankenhaus, ich ... es geht ihm etwas besser.«

»Da freue ich mich. Ich habe einen Zitronenkuchen für ihn gebacken. Wenn Sie den bitte für ihn mitnehmen wollen ... Ich habe im Moment Mühe zu gehen und kann ihn wohl nicht besuchen.«

»Das mache ich gern.«

»Sie sehen ihm unglaublich ähnlich. Er hat mir viel von Ihnen erzählt.«

»Ach wirklich?«

»Ja, er liebt Sie sehr ... Sie fehlen ihm. Aber er sagt, er hätte Ihre Liebe nicht verdient.«

Ich schweige dazu.

»Grüßen Sie ihn schön von mir.«

»Wer sind Sie?«

»Ach, natürlich, wo war ich nur mit meinen Gedanken? Ich habe mich Ihnen ja gar nicht vorgestellt. Ich bin *signora* Attasio. Aber nennen Sie mich ruhig Filomena.«

12

Ich habe bis spät in die Nacht gemalt. Dabei habe ich ständig an die Nachbarin gedacht. Ob sie weiß, dass mein Vater seine Katze nach ihr benannt hat? Wo ist das verdammte Tier überhaupt? Hoffentlich ist es mir nicht entlaufen.

Am nächsten Morgen weckt mich Gina mit dem Duft von frisch gekochtem Kaffee. »Los, aufstehen! Es ist schon zehn Uhr!«

Zehn Uhr? Das kann nicht sein. Ich sehe auf die Uhr, es ist erst halb neun.

»Warum lügst du?«

»Weil ich jetzt eine *mamma* bin. Weißt du nicht mehr, wie unsere Mütter das machten? Sie holten uns aus dem Bett und schrien, es sei schon Mittag, dabei war es nicht mal acht Uhr! Sie lebten in einer Zeitzone, in der es immer zu spät war. Jetzt bin ich an der Reihe und kann sie verstehen. Wenn man Mutter ist, *tesoro*, sind die Tage immer zu kurz und man hat keine Zeit zu verlieren. Los, komm, wir schlafen, wenn wir tot sind! Du wirst sehen, wenn du selbst Kinder hast …«

Wir trinken den Kaffee auf dem Balkon und schauen zu, wie die Stadt erwacht.

»Wie sieht es bei dir mit der Liebe aus?«

Ihre Frage bringt mich in Verlegenheit.

»Ach, du wirst ja ganz rot! Also gibt es jemanden!«

»Ja, aber ich bin mir noch nicht sicher.«

»Erzähl es deiner alten Cousine. Sieht er gut aus? Ist er stark? Hat er Geld?«

»Gina!«

»Geld ist wichtig, Luna! Ich weiß es, weil ich keins habe. Und glaub mir, mir wäre es sehr recht, wenn Antonio eine kleine Goldgrube hätte und nicht nur einen knackigen Arsch.«

Ich verschlucke mich fast vor Staunen. Wie schön ist es, Gina wiederzusehen mit ihrer Spontaneität und Direktheit. Zwar sieht sie aus wie ein Modepüppchen, aber sie hat ihr kindliches Herz behalten. Ihr Blick ist so ehrlich, wie ihre Fingernägel falsch sind.

»Hast du vor zu heiraten? Das musst du mir rechtzeitig sagen. Dafür brauche ich ein schönes Kleid. Und hohe Absätze. Muss ich nach Mailand kommen?«

»Das weiß ich alles nicht. Du übertreibst ein bisschen. Ich weiß nicht, ob ich heiraten will. Ich ... das ist kompliziert...«

»Warum? Hat er schon eine Frau? Mein Gott, sag bloß nicht, dass er schon Kinder hat! Ich weiß nicht, wie die Frauen es schaffen, die Kinder von anderen zu erziehen. Es ist mit den eigenen ja schon schwer genug!«

»Nein, nein. Ich will nicht darüber reden, okay? Erzähl mir lieber Geschichten aus unserem Viertel. Ich habe ja seit ein paar Jahren den Anschluss verpasst, und inzwischen ist sicher einiges passiert.«

»Na gut, einverstanden. Mal überlegen, also, Giuseppina, unsere frühere Nachbarin von oben, du kennst sie sicher noch, hat im Lotto gewonnen. Sie war sechzig. Sie hat den Jackpot geknackt. Und stell dir vor, sie hat in wenigen Jahren alles im Spielcasino wieder verloren. Weg ist das Geld. Ihr ältester Sohn wollte sie umbringen. Aber wirklich, und er hat sie tatsächlich erdrosselt.«

»Oh Gott!«

»Und die Bäckerin Lucrezia hat ihren Mann betrogen. Monatelang wurde sie von allen *zoccola* genannt, dabei war eigentlich er die Nutte. Dieser Scheißkerl hat sie geschlagen … Sie ist abgehauen, und das war völlig richtig von ihr, wie ich finde. Jetzt arbeitet ihr neuer Liebhaber mit ihr zusammen. Den müsstest du sehen: Er ist schön wie ein Gott! Seitdem hat sich ihre Kundschaft verdoppelt. Er zieht alle Frauen des Viertels an …«

Ich bitte um weitere Geschichten. Ich höre ihr so gerne zu, Gina ist eine echte Schauspielerin: Sie begnügt sich nicht, die Ereignisse zu erzählen, sie lebt darin, wird immer munterer, macht die Leute nach. Ich muss furchtbar lachen, so wie lange nicht mehr.

Ich soll ihr auch aus Mailand erzählen. Ich erzähle ihr von der Galerie, die ich vor ein paar Jahren eröffnet habe, und zeige ihr Fotos.

»Du warst schon immer eine Künstlerin. Unfähig, Pasta zu kochen, aber dein Kopf ist wie eine Blumenwiese im Frühling. Ich freue mich, dass du so in deiner Arbeit aufgehst, Luna. Wie geht es *zia* Rita?«

»Mama geht es gut. Filippo, ihr neuer Mann, ist ein sympathischer Kerl. Sie reisen ziemlich viel, aber sie hilft mir auch in der Galerie. Wir stehen uns immer noch sehr nah, meine Mutter ist meine beste Freundin. Ich kann ihr nicht genug dafür danken, dass sie den Mut hatte, wegzugehen …«

Während Gina die Wohnung saubermacht – dabei ist sie gar nicht schmutzig – und dazu *»Como sueña el corazón«* von Gigi d'Alessio singt, traue ich meinen Augen nicht. Vom Himmel kommt ein Korb herunter und bleibt sanft auf dem Balkon vor dem Wohnzimmer stehen. Heraus springt wie eine Königin Filomena.

Ich rufe meine Cousine.

»Was ist denn das?«

»Filomena, was sonst?«

»Woher kommt das Biest?«

»Von der Alten oben. Wenn sie von hier genug hat, geht sie zu ihr hoch.«

»Warte mal, willst du damit sagen, dass diese Katze zwei Wohnungen hat? Ist das ein Witz? Und die Alte, ist das Filomena? Der Mensch Filomena, meine ich?«

»Ja.«

»Warum kommt dir das alles so normal vor, Gina?«

»Weiß ich nicht, weil ich dran gewöhnt bin. Wenn sie nach oben will, springt sie in den Korb und miaut. Und dann zieht die Frau Filomena die Katze Filomena nach oben.«

Dieses Gespräch ist purer Surrealismus. »Warum haben sie denselben Vornamen?«

»Keine Ahnung. Das musst du deinen Vater fragen.«

Frühjahr 1996

Heute Abend hatte ich große Angst. Ich war in meinem Zimmer und jemand klingelte an der Tür. Mama hat geöffnet und ich hörte es ein paar Minuten lang flüstern. Dann hat sie NEIN geschrien. Ihre Stimme war so schrill, dass sich mir die Haare gesträubt haben, wie wenn meine Gabel auf dem Teller knirscht. Nur wenige Sekunden nachdem Mama die Tür zugemacht hatte, befahl sie mir, ein paar Sachen zusammenzusuchen und sie in eine Tasche zu packen. Wir stiegen in ihr Auto und fuhren in Richtung unserer früheren Wohnung.

Meine Mutter hasst Autofahren, besonders nachts. Sie sagt, dass sie dann nichts sieht und sich fürchtet. Deshalb habe ich mich alles andere als sicher gefühlt. Sie ist gefahren wie ein Rennfahrer. Da war etwas, das ihr noch mehr Angst machte als die Straße.

Ich dachte, wir würden jetzt wieder in unserem alten Zuhause leben, als hätte es nur auf uns gewartet. Als wir dort vorbeikamen, sah ich aber, dass die Wohnung belegt war, und begriff, dass wir zu zia Enrica und zio Gerardo fuhren – was lange nicht mehr passiert war.

Mein Onkel öffnete uns die Tür. Er fragte meine Mutter, ob alles in Ordnung sei, umarmte mich und sagte, ich solle zu meiner Cousine in ihr Zimmer gehen. Ich hörte meine Mutter weinen und meinen Onkel schreien. Dann kam zia Enrica und redete uns gut zu. Sie sagte, ich solle mir keine Sorgen machen, sie freue sich, dass ich jetzt bei ihnen sei. Mir fiel auf, dass ihr Bauch ganz rund war. Ich werde noch einen Cousin oder eine Cousine bekommen, hoffentlich! Dann habe ich zwei.

Weil ich nicht schlafen konnte, ist Gina aufgestanden und hat uns Kekse und unsere Lieblingszeitschrift geholt. Sie hat sie wie jede Woche im Zeitungsladen gestohlen. Sie liest sie und bringt sie dann zurück. Jetzt könnte ich sie mir kaufen, weil ich Taschengeld habe. Aber das wäre dann nicht mehr so lustig ...

Was wir am liebsten lesen, sind die Fragen von Lesern. Wir finden das toll, auch wenn ich manchmal etwas verlegen bin, weil sie von Sachen reden, die nicht für unser Alter bestimmt sind ... Gina behauptet, sie kennt sich da aus; also sage ich auch, dass ich mich auskenne. Aber eigentlich bin ich nicht sicher, ob ich weiß, wovon die Rede ist.

Drei Nächte bin ich bei Onkel und Tante geblieben und hätte mir gewünscht, dass es länger dauerte. Ich habe verstanden, dass mein Vater eine große Dummheit gemacht hatte, aber ich nicht wissen durfte, was für eine. Weil es Erwachsenen-Dummheiten waren, die viel schlimmer waren als unsere.

13

Als ich ins Krankenhaus komme, fällt *signora* Anna über mich her.

»Du wirst dich freuen, meine Liebe. Seit heute Morgen redet dein Vater wieder. Ich verstehe zwar nicht, was er sagt, er murmelt immer dasselbe, aber er spricht immerhin.«

Ich sehe meinen Vater an. Er sitzt da, den Blick immer noch ins Leere gerichtet. Er bewegt seine Lippen, aber ich höre nichts.

»Papà?«

Er wendet sich mir zu, sein Blick hellt sich auf und er deutet ein Lächeln an.

»Geht es dir gut?«

Er nickt und kehrt zurück in ein anderes Land, in dem ich nicht bin. Niemand hat mich eingeladen. Ich setze mich zu ihm, aber er bleibt stumm.

»Am Ende stehe ich noch als Lügnerin da«, sagt die Nachbarin empört, »ich schwöre, dass er den ganzen Morgen geredet hat.«

»Ich glaube Ihnen. Er muss müde sein. Aber es ist ein gutes Zeichen, er wird sicher wieder anfangen.«

Ich habe ein Heft mitgebracht und fange an zu zeichnen, um mir die Zeit zu vertreiben. Durch das Fenster habe ich noch einen anderen Blick auf den Vesuv, aber auch diesmal wird nichts aus uns beiden. Nach und nach entstehen unter der Miene meines Bleistifts die Gesichtszüge der netten Krankenschwester.

Als sie ins Zimmer kommt, verstecke ich mein Heft wie ein

kleines Mädchen. Jemanden zu zeichnen bedeutet, in seine Privatheit einzudringen, etwas Persönliches einzufangen. Ich möchte nicht, dass sie sich beobachtet fühlt; sie weiß nicht, dass ich nur einen Moment gebraucht habe, um sie in Gedanken zu fotografieren, und dass ihr Gesicht in meiner Erinnerung abgespeichert ist.

Sie gibt mir ermutigende Nachrichten. Der Arzt, der meinen Vater operiert hat, probiert jetzt eine Behandlung, bei der die Hormone, die das Gehirn wegen des Tumors nicht mehr produzieren kann, ersetzt werden. Ihrer Meinung nach ist es ein sehr gutes Zeichen, dass er wieder anfängt zu reden.

»Man muss ihm weiterhin Anregungen geben, ihm Fragen stellen. Ab morgen kommt ein Physiotherapeut und macht mit ihm ein paar Übungen. Er muss wieder aufstehen, sobald er bei Kräften ist, und darauf muss man ihn vorbereiten.«

Signora Anna erzählt, dass der Physiotherapeut bei ihrem Mann Wunder gewirkt hat, und fügt hinzu: »Ich hätte nichts dagegen, dass er sich auch um mich kümmert, du weißt schon, was ich meine …«

Ich muss lachen und ihr Mann verdreht die Augen.

»Nicht eifersüchtig sein, Pascà! Lach ein bisschen mit, *a vit è nu surris, chi nu rir mor accis!*« – »Das Leben ist ein Lächeln, und wer nicht lacht, stirbt durch Mord!«

Wenn ich im Krankenhaus bin, tue ich alles, um nicht auf die Toilette gehen zu müssen. Aber jetzt schreit meine Blase um Hilfe. Ich frage die *signora*, ob ich die des Zimmers benutzen darf.

»Natürlich, Ihr Papier steht auf dem Waschbecken, das andere gehört uns.«

»Gibt es hier zwei Sorten Papier?«

»Hier gibt es gar nichts. Man muss es von zu Hause mitbringen.«

»Wie bitte?«

»Ja, wie beim Fernseher.«

»Wieso beim Fernseher?«

Ich hatte nicht darauf geachtet, aber jetzt, wo sie es sagt, fällt es mir auf. Seltsam, dass jeder seinen eigenen Fernseher hat. Mein Vater hat keinen, das war für mich gar kein Problem. Ich dachte, er sei nicht in der Lage fernzusehen und brauche Ruhe. Pasquale nebenan hat einen kleinen Apparat und die im Zimmer gegenüber haben zwei ganz große, man denkt, man wäre im Kino.

Ich kann einfach nicht glauben, dass dieses angeblich so moderne Krankenhaus nicht in jedem Zimmer einen Fernseher und nicht mal Klopapier hat! Genau das ist es, was mich an dieser Stadt so ärgert. Wie ein Entwicklungsland mitten in Europa!

Während ich wieder mit meiner Zeichnung beschäftigt bin, wird mein Vater plötzlich unruhig. Ich weiß nicht, was er hat, ob er leidet oder ob etwas anderes passiert ist. Er zeigt mir die Klingel, und ich begreife, dass ich die Schwester rufen soll.

»Geht es dir schlecht?«

Er schüttelt den Kopf.

»Ich glaube, er möchte wechseln«, sagt *signora* Anna.

»Wechseln?«

»Ja, die Windel. Sie waren noch nicht hier, das stört ihn sicher.«

Mir wird flau. Ich kann damit nicht umgehen. Mein Vater trägt eine Windel! Wie dumm von mir, dass ich nicht eher daran gedacht habe. Es ist schlimm zu sehen, wie einer der Eltern zum Kind wird. Schrecklich zu sehen, wie ein Körper aufgibt, und schrecklich für ihn, vor seiner Tochter so dazuliegen.

Ich spüre sein Unwohlsein in aller Deutlichkeit und würde am liebsten verschwinden.

Ich drücke auf die Klingel. Ein paar Minuten später kommt eine neue Schwester ins Zimmer. Offenbar hatten sie Schichtwechsel. Sie ist klein und hat einen strengen blonden Pagenkopf. Sie lächelt nicht.

Ich sage ihr, dass mein Vater eine neue Windel braucht.

»Ja, und wo Sie schon dabei sind, Sie müssen sich auch um meinen Pasquale kümmern.«

Die Krankenschwester schnauft.

»Haben Sie schon wieder Kaka gemacht, *signor* Esposito? Sowas, zweimal am Tag! Meine Kollegin hat Sie doch heute Morgen schon gewickelt. Ich habe auch noch anderes zu tun!«

Ich bin sprachlos. Wie kann man die Leute nur so behandeln? Meine Hände beginnen zu zittern. Kein Laut dringt aus meiner Kehle. Aber Anna lässt sich nicht bitten:

»Hör mal zu, Mädchen! Jetzt nimmst du dich zusammen und redest anders mit diesem Mann. Ich wünsche dir nicht, dass du dir eines Tages in die Hose scheißt und jemand rufen musst, der dir den Arsch saubermacht. Auch das gehört zu deiner Arbeit, und wenn du es nicht machen willst, such dir was anderes. In meiner Gegenwart redest du nie mehr so mit einem Patienten, sonst wirst du es bereuen, das verspreche ich dir! *Quann u' diavolo tuo jeva a scola, u mio era maestro!*«

»Als dein Teufel noch zur Schule ging, unterrichtete meiner schon!«

Die Schwester antwortet nicht, verlässt das Zimmer und schlägt die Tür hinter sich zu. Ich bin entsetzt über das, was gerade passiert ist, da höre ich, wie Pasquale mit erhobener Faust seine Frau lobt:

»*Brava*, Anna!«

Sie freut sich so, dass es ihrem Mann gelingt, zwei Worte hintereinander auszusprechen, dass sie sich auf ihn stürzt. Er erleidet einen Hustenanfall, der ihn fast umbringt.

Hier löst eine Aufregung die nächste ab, man hat gar keine Zeit, untätig herumzusitzen.

Schließlich kommt ein Pflegediensthelfer und kümmert sich um meinen Vater und Pasquale. Währenddessen sitzen Anna und ich im Warteraum gegenüber einer riesigen Madonnenstatue.

Überall hier im Krankenhaus gibt es religiöse Symbole, und jeder Patient hat eine eigene Jungfrau Maria über seinem Bett. Im Flur gibt es ein Kruzifix, dann diese riesige Madonna vor unserer Nase und auf der Toilette hängt sogar Pater Pius! Ich habe ja nichts gegen ein bisschen Heiligkeit an einem Ort, an dem Menschen Hilfe brauchen, aber ich zweifle daran, dass hier alle katholisch sind, und in einer öffentlichen Einrichtung ... Vielleicht wird sich ja eines Tages die Mentalität der Leute ändern, sogar in Neapel.

Ich sehe, wie Anna einen Rosenkranz aus ihrer Tasche zieht.

»Ich bete jetzt für meinen Mann und deinen Vater.«

»Okay, danke. Ich hoffe, Sie werden erhört. Je schneller mein Vater sich erholt, desto eher kann ich wieder nach Hause.«

Als wir ins Zimmer zurückkommen, schläft Pasquale und mein Vater murmelt vor sich hin. Ich trete zu ihm und jetzt begreife ich: Er redet nicht, sondern singt. Offenbar war jemand aktiv beim Kundendienst Gottes.

»*Luna, non essere arrabbiata, dai, non fare la scema, il mondo è piccolo se visto, da un'altalena.*«

»Luna, sei nicht böse, sei nicht dumm. Die Welt ist klein, wenn man sie von einer Schaukel aus betrachtet.«

14

Ich heiße Luna wegen eines Liedes von Gianni Togni aus dem Jahr 1980, das mein Vater ständig hörte und mitsang. Es geht darin um eine Liebeserklärung an eine Frau und an den Mond, der den Sänger faszinierte, wie er in einem Interview sagte, und meinen Vater ebenso.

Meine Mutter war von dem Namen nicht ganz überzeugt, aber dann ich bin in einer Vollmondnacht geboren, meine Mutter übrigens auch, und so erkannte sie darin ein Zeichen. Ich mag meinen Vornamen eigentlich gern.

Im Lauf der Jahre hat meine Mutter mir gesagt, dass sie letztlich froh über diese Wahl sei; sie fand, der Name passe gut zu mir und wäre wie für mich erfunden. Sie redete mir ein, ich sei diskret, schweigsam, elegant »*come la luna*«, wie der Mond. Ich muss sagen, dass meine Mutter mich immer sehr unterstützt hat.

Ich weiß nicht, ob der Mond und ich wirklich etwas gemeinsam haben, bin aber überzeugt, dass Vornamen und ihre Geschichte die Personen, die sie tragen, irgendwie beeinflussen, mit einigen Ausnahmen natürlich. Ich habe zum Beispiel eine Freundin, die Serena, die Heitere, heißt und alles andere ist als heiter, sie leidet unter ständiger Angst.

Als ich an diesem Abend in die Wohnung zurückfahre, beschließe ich, mir das Lied im Auto anzuhören. Ich weiß nicht, ob es die Melodie, der Sonnenuntergang, der prächtig zu werden scheint, oder die sanfte, frühlingshafte Luft bewirkt hat, jedenfalls muss ich zugeben, dass ich zum ersten Mal, seit ich hergekommen bin, nicht damit hadere, hier zu sein. Ich werde versuchen, genauer hinzuschauen und meine Perspektive zu ändern, damit es mir vielleicht gelingt, die Stadt in besserem Licht zu sehen.

Es ist ein ruhiger Abend. Filomena scheint nicht in der Wohnung zu sein und die Tornado-Gina kommt sicher auch nicht mehr vorbei. Endlich allein! Ich nutze die Gelegenheit, zu fragen, wie es meinen Freundinnen geht.

Luna: Ich muss nur ein paar Tage weg sein und schon schließt ihr mich aus eurem Leben aus. Keine Nachricht, den ganzen Tag kein Anruf ... Da sehe ich mal, was ich euch wert bin, ihr Weiber!

Fatima: Halt die Klappe, du Untier! Ich hatte keine Minute Ruhe. Gerade erst habe ich mich auf dem Sofa niedergelassen, ich bin völlig kaputt. Ein Scheißtag war das ... Außerdem regnet es die ganze Zeit. Wie geht es dir? Und deinem Vater?

Alessandra: Wenn du uns erzählst, dass in Neapel schönes Wetter ist, blockiere ich deine Nummer!

Luna: Versprochen, ich sage nicht, dass das Wetter schön und warm ist.

Alessandra: Grrr ... Und dein Vater?

Luna: Heute singt er. Gutes Zeichen, oder?

Fatima: Genial!

Luna: Sobald die Ärzte mir sagen, dass er's geschafft hat, komme ich nach Hause. In ein paar Tagen kriegen wir die Ergebnisse der Biopsie.

Francesca: Du weißt sicher, dass wir dich eigentlich gar nicht mögen, es war nur gelogen.

Luna: Ach, du bist auch da? Geht's dir gut?

Francesca: Es könnte besser sein. Ich warte auf Antworten, aber die kommen einfach nicht, und mich hat der Regen überrascht. Ich bin patschnass.

Fatima: Titel. Wo liegt das Problem? Bei der Arbeit? Sorgen in der Praxis?

Luna: Ich muss los, ich wünsch euch einen schönen Abend. Ihr fehlt mir. Fran, du wirst sicher bald etwas hören. Manchmal muss man einfach nur warten, bis sich alles von selbst einrenkt.

Ich schicke ihnen Fotos von der Sonne, die immer noch am Horizont steht. Die Sicht von meinem Zimmer aus ist atemberaubend. Ich habe fast den Eindruck, so etwas wie Stolz zu empfinden ...

Meine Beziehung zu Neapel ist komplex. Ich habe es sehr geliebt und sehr gehasst. So sehr, dass ich es verstoßen habe. Dass ich mich geschämt habe. Ich habe es mit Dreck beworfen, habe seinen Müll mit verletzenden Worten überhäuft.

Wie die Stadt kenne auch ich kein Mittelmaß. Manchmal ist es schwierig, einen Weg zwischen zwei extremen Gefühlen zu finden. Ich muss danach suchen, es ist wohl an der Zeit.

15

Es klopft an der Tür. Es ist Filomena.

Nicht die Katze, die andere.

»Guten Tag, Luna, habe ich Sie geweckt?«

»Guten Tag, nein, nein.«

»Es sieht aber ganz so aus, Sie sind ja kaum gekämmt.«

»Ich…«

»Kann ich einen Kaffee haben?«

Sie fragt nur der Form halber. Sie ist nämlich schon in die Küche gegangen.

»Wie geht es meinem lieben Ciro?«

»Besser. Er findet seine Sprache wieder.«

»Wunderbar. Er fehlt mir. Er leistet mir hier immer Gesellschaft.«

Ich versuche, mich zu erinnern, wie man italienische Kaffeemaschinen benutzt. Das habe ich so lange nicht mehr gemacht. In Mailand gehören wir eher zum Team George-Clooney-Kapseln.

»Kennen Sie und mein Vater sich schon lange?«

»So etwa fünf, sechs Jahre. Seit ich hierhergezogen bin.«

»Sie scheinen nicht von hier zu stammen.«

»Aus Neapel meinen Sie, weil ich Italienisch spreche?«

»Nein, nein, das ist es nicht, es ist die Haltung.«

»Haltung? Was bedeutet für Sie, von hier zu sein? Irgendein Klischee? Vielleicht mit einem Tamburin herumzulaufen und *o'surdat 'nnammurat* zu singen? Sie wirken auch nicht wie eine Neapolitanerin, Luna, und doch sind Sie eine.«

»Das stimmt. Ich wollte Sie nicht kränken. Ich habe nur aus Neugier gefragt.«

»Ich bin in Neapel geboren, aber ich habe geheiratet und bin mit meinem Mann nach Deutschland gegangen. Wir haben unser Leben lang gearbeitet. Nach und nach haben wir unsere ganze Familie in den Norden nachgeholt. Damit sie ein besseres Leben hatten. Und so sind wir nie wieder hierhergekommen. Aus Zeitmangel, und weil wir die Welt kennenlernen wollten. Doch diese Stadt hat mir immer gefehlt. Und zwar aus tiefster Seele, ganz furchtbar. Ich habe viele andere Städte gesehen, glauben Sie mir, größere, schönere, reichere, auch ruhigere. Aber keine hatte diesen Zauber. Als mein Mann starb, waren unsere Kinder schon erwachsen, und ich war allein, weit weg von meinen Wurzeln. Ich wünschte mir, das Ende meines Lebens da zu verbringen, wo es angefangen hatte. Nah am Wasser.«

»Das kann ich verstehen. In Mailand fehlt mir das Meer auch.«

»Ihr Vater nicht?«, fragt sie und zwinkert mir zu.

»Wir haben zu große Differenzen.«

»Aber Sie besuchen ihn jetzt im Krankenhaus.«

»Weil er sonst niemanden hat. Und damit ich weiterhin in den Spiegel gucken kann. Ich tue es nicht für ihn, sondern für mich.«

Ich bin wirklich in erster Linie meinetwegen hier. Niemand hat mich gezwungen, am Krankenbett meines Vaters zu sitzen. Ich tue es, weil etwas in meinem Innern mich aufgefordert hat zu kommen; ich konnte mich nicht mit dem Gedanken abfinden, dass er völlig allein im Krankenhaus liegt.

Vielleicht geschieht dies aus Erinnerung an meinen Papa von früher. Mit dem ich sonntags in die Bar ging, um eine *sfogliatella* zu essen, jenes Gebäck aus Neapel, das ich schon als Kind so gern mochte. Mein Vater lachte immer, wenn er sah, wie gierig ich es verschlang, als entdeckte ich daran jede Woche einen neuen, einzigartigen Geschmack. Ich höre sein Lachen noch heute.

»Beschmier dich nicht überall damit. Wenn du dein schönes Kleid schmutzig machst, kriegen wir Ärger mit deiner Mutter.«

Ich liebte diese Momente. Auf dem Heimweg nahm er meine Hand. Das war fast so schön wie die *sfogliatella*, und ich hüpfte vor Freude.

Filomena hat sich mit ihrer Tasse aufs Sofa gesetzt.

»Jesus! Wenn die Hölle nach etwas schmecken würde, dann wäre es sicher nach diesem Gebräu. Hat Ihnen denn nie jemand beigebracht, wie man einen Kaffee macht, der diesen Namen verdient hat?«

Kein Zweifel, hinter ihrem bürgerlichen Benehmen verbirgt sich eine echte Neapolitanerin. Sie hat das Taktgefühl eines Bulldozers.

»Ich habe lange keine Kaffeekanne mehr benutzt ... Tut mir leid ...«

»Kann man denn Kaffee auch anders zubereiten?«

»Ja, natürlich, ich ...«

»Ich zeige Ihnen, wie es geht.«

Ich habe nicht die geringste Lust, mir jetzt sofort beibringen zu lassen, wie man einen Mokka macht, aber ihr ist ganz gleichgültig, was ich empfinde. Sie kippt meinen Kaffee ins Spülbecken, schraubt die Kanne auf und reinigt sie.

»Immer nur lauwarmes Wasser, und niemals Spülmittel! Das würde den Geschmack verderben und das wäre katastrophal. Zuerst füllen Sie das Wasser ein. Sehen Sie, bis hierher. Sie können sich dabei am Ventil orientieren. Dann geben Sie den Kaffee hinein. Nicht zu viel, nicht zu wenig. Der Vesuv ist das beste Vorbild. Sie nehmen so viel, bis es aussieht wie ein Berg ... oder ein Vulkan.«

Ich höre aufmerksam zu. Ich sehe meine Mutter vor mir, wie sie dasselbe macht. Alle Tage in Neapel fingen mit dem Geruch von Kaffee an.

»Dann schraubt man es zu. Schön fest. Ach, Mist, meine Hände schaffen es nicht mehr. Los, schraub du es zu. Ja. Ich werde dich jetzt duzen. Du könntest schließlich meine Enkelin sein.«

Ich gehorche, stelle die Kanne aufs Feuer und frage wie eine Schülerin, die ihrer Lehrerin gefallen will:

»Immer auf kleiner Flamme, richtig?«

»Genau. Der Kaffee braucht Zeit, er muss oben in aller Ruhe herauskommen. Man darf ihn nicht brüskieren. Er gibt uns einen guten Ratschlag fürs Leben mit: Nichts überstürzen, sonst kann man alles kaputtmachen.«

Hierbei bin ich ganz ihrer Meinung, denn ich will auch nicht alles kaputtmachen.

Ein paar Minuten später gieße ich uns zwei neue Tassen ein, Filomena die Katze schmiegt sich an Filomena die Nachbarin. Wir führen die Tassen gleichzeitig an die Lippen. Angesichts des Lächelns meiner Besucherin und des unvergleichlichen Geschmacks auf meinen Papillen muss ich eins gestehen: George Clooney hat von Kaffee wenig Ahnung.

Ich habe den Tag mit Papa verbracht. Meine Mutter ist mit dem Zug nach Kalabrien gefahren, um ihre Mutter zu besuchen. Es war super, einen ganzen Tag mit ihm allein zu verbringen.

Zia Enrica hat für uns als Mittagessen Lasagne gemacht, aber er hat gesagt, wir würden sie erst am Abend essen, weil er mich ins Restaurant einladen wolle. Ich war nie mit meinen Eltern im Restaurant, Mama wird ganz verrückt sein vor Neid, wenn sie es erfährt!

Wir saßen draußen auf der Terrasse. Ich hatte das Meer direkt vor Augen. Es war noch schöner und blauer als sonst, mit vielen verschiedenen Nuancen. Es war unglaublich, das zu sehen, während man aß. Ich habe Papa gesagt, es sei mein Traum, es jeden Tag zu sehen, und er hat mir versprochen, alles zu tun, damit es auch geschieht.

Ich habe Linguine mit Meeresfrüchten gegessen und zum Nachtisch ein riesiges Eis. Papa wollte nichts bestellen, weil er keinen Hunger hatte. Ich glaube eher, dass er nicht genug Geld hatte. Deshalb habe ich etwas auf meinem Teller gelassen. Er hat es aufgegessen und getan, als schimpfe er, weil man Essen nicht verkommen lassen soll.

Wir haben uns Zeit gelassen und den Ort und den Augenblick genossen. Papa hat mir geraten, in der Schule gut aufzupassen, damit ich so oft ins Restaurant gehen könnte, wie ich Lust hätte. Ich habe geantwortet, ich würde gern Zeichnen und Malen lernen, alles andere sei doof, Mathe und Italienisch seien mir egal. Da wurde er ein bisschen böse und sagte, da täuschte ich mich. Alles, wirklich alles sei wichtig. Dann sagte er noch:

»Neapel ist wirklich nur für Leute schön, die Geld haben.«

Das hat er mit einem Leuchten im Gesicht gesagt, das mir nicht gefallen hat. Es war nur ein winziger Funken, aber ich glaube, er ist nicht erloschen. Und manchmal werden aus kleinen Funken große Feuer ...

16

Später am Vormittag kam Gina. Erst wirbelte sie wie ein Orkan durch die Wohnung, dann fragte sie mich, ob sie mich ins Krankenhaus begleiten könne. Ich war gleich einverstanden, denn die Stunden am Krankenbett ziehen sich in die Länge und ich freue mich, wieder mit meiner Cousine zusammen zu sein. Sie hat die Gabe, überall, wo sie hinkommt, für gute Laune zu sorgen.

»Aber du fährst, okay?«, sagte sie, »und wir nehmen einen der Wagen deines Vaters. Ich habe genug von meiner alten Karre, ich hab nicht mal eine Klimaanlage.«

Ich spiele eine Playlist mit Titeln unserer Jugend ab – 883, Lunapop, Masina, Jovanotti. Alles kommt vor. Bei Staus singen wir laut mit und ich wünsche mir, dass diese Fahrt niemals endet. Gina beschimpft die anderen Autofahrer, dabei ist sie gar nicht wirklich genervt und sie machen ja auch nichts Schlimmes. Zwar halten sie sich nicht an die Straßenverkehrsordnung, aber das ist hier ja normal. Nein, sie schreit nur aus Gewohnheit. In Süditalien ist das üblich und außerdem hört ja eh niemand, was sie sagt ...

»Ich würde alles tun, um nochmal zwanzig Jahre jünger zu sein. Ich habe meine Jugend nicht genug genossen, Luna. Und jetzt bin ich verheiratet und habe drei Kinder. Ich habe nicht mal mehr die Freiheit, allein Pipi zu machen. Ernsthaft, warum habe ich das bloß getan?«

»Du hast doch gesagt, es wäre wunderbar, eine Familie zu haben. Dass deine Kinder deine Augensterne sind ...«

»Ach, es gibt Tage, an denen ich mir am liebsten die Augen auskratzen würde.«

Wir müssen beide lachen, aber meine Cousine scheint müde zu sein. Hinter ihrer großen Begeisterung verbergen sich immer irgendwelche Sorgen. Ich weiß noch, wie sie beim Tod ihrer Mutter alle anderen tröstete – ihren Vater, ihre Brüder, ihre Großmutter –, aber nie habe ich gesehen, wie jemand sie tröstete. Wenn man sie fragt, wie es ihr geht, antwortet sie immer dasselbe: »Es muss weitergehen.« Wie ein Automat, um nicht zusammenzubrechen und um weiterhin für alle anderen zu ackern. Am liebsten würde ich sie ganz fest umarmen.

»Seit wann hattest du keinen Abend mehr für dich, Gina?«

»Hm, mal überlegen. Ich glaube, das war vor drei Monaten. Antonio ist mit den Kindern ins Kino gegangen. Ich hatte zwei Stunden nur für mich!«

»Und was hast du da gemacht?«

»Ich habe das Essen für den nächsten Tag vorbereitet, gefüllte Paprika. Ja, ich weiß, dafür müsste man mich prügeln.«

»Nein, du müsstest öfter ausgehen. Heute Abend gehen wir zusammen essen. So brauchst du einmal nicht zu kochen.«

Sie stößt einen Freudenschrei aus und ich zucke zusammen. Fast wären wir von der Straße abgekommen. Sie stellt die Musik noch lauter und singt wie wild los. Ich hätte nicht geglaubt, sie mit einem Essen im Restaurant in solche Begeisterung versetzen zu können.

Im Zimmer meines Vaters fehlt sein Bett. Mein Herz setzt für einen Schlag aus.

Signora Anna beruhigt mich sogleich.

»Sie haben ihn für eine Untersuchung abgeholt. Das war vor einer halben Stunde, und ich glaube, es geht ihm viel besser. Heute Morgen hat er mich wütend abgewiesen und wie ein Löwe gebrüllt, als ich ihm eine Banane geben wollte.«

Sie hat wirklich ein Bananenproblem, die *signora* Anna. Am liebsten würde sie die gesamte Station damit vollstopfen.

»Das tut mir sehr leid, *signora.*«

»Das muss es nicht, Mädchen. Ich hatte sie ihm schon dreimal hingehalten. Ich habe so getan, als bemerkte ich nicht, dass er den Kopf schüttelte«, gibt sie zu und grinst schelmisch.

»Das ist meine Cousine Gina.«

»Ihr seid ja alle Schönheiten in eurer Familie, was für ein Prachtexemplar! Wie Charosto.«

»Wer ist denn das?«, fragt Gina.

»Was, du kennst CHAROSTOOO nicht? Die blonde Amerikanerin? Sie hat in dem Film *Basikasta* gespielt«, sagt Anna mit Nachdruck.

»Ich glaube, sie meint Sharon Stone«, vermute ich.

»Ja, das sage ich doch! Charosto. Deine Cousine ist schön, aber sie ist nicht besonders clever ...«

Ich gebe Gina den einzigen freien Platz auf unserer Seite des Zimmers und lehne mich neben dem Fenster an die Wand. Zu unseren Füßen Neapel, laut und chaotisch, wie gewohnt.

Mein Telefon vibriert. Ich lese die Nachricht, antworte nicht und verspreche, es später zu machen. Bei meinen Freundinnen scheint alles gut zu gehen. Da taucht eine andere Botschaft auf.

Ich habe von dir geträumt, Luna. Und wir haben nicht Karten gespielt, wenn du es genau wissen willst.

Ich lächele vor mich hin, mir wird innerlich ganz warm. Irre, was einfache Worte bewirken können, wenn sie von der richtigen Person kommen. Ich schäme mich dafür, das hier in einem Krankenzimmer zu empfinden. Dass ich mich an einem Ort, an dem der Tod so nahe ist, so lebendig fühle. Aber ich kann nicht anders als weiter lächeln. Meiner Cousine entgeht das natürlich nicht.

»Oh, wie schön, hat er dir eine Nachricht geschickt?«

»Wer denn, wer denn? Hast du einen Verlobten?«, fragt Anna neugierig.

Das hat mir gerade noch gefehlt, sie werden sich zusammentun. Es gibt nur eins, was schlimmer ist als eine Neapolitanerin, die sich in deine Angelegenheiten einmischt: zwei Neapolitanerinnen, die sich in deine Angelegenheiten einmischen!

Gott existiert, denn er hat meine Bitte erhört und mich gerettet. Jetzt, während sie versuchen, mich auszufragen, öffnet sich nämlich die Zimmertür, und mein Vater wird in seinem Bett von einer Schwester hereingeschoben. Gina wartet nicht mal, bis das Bett an seinem Platz steht, und stürzt sich auf ihn.

»*Zio*! Geht's dir gut? Wie fühlst du dich? Oh je, du siehst ja furchtbar aus! Was haben sie bloß mit dir angestellt? Keine Sorge, ich kümmere mich in der Wohnung um alles. Den Pflanzen geht es gut, und Filomena ist in bester Form, sie frisst alle Kroketten. Und du? Erzähl mal. Oh je, mein armer Onkel!«

Niemand scheint ihr Benehmen anormal oder unpassend zu finden. Mein Vater lächelt ihr sogar zu. Sie halten Gina nicht für übertrieben, sie wirkt ganz normal auf sie ... Mich müssen sie neben ihr für sozial unfähig halten und vielleicht sogar für eine schlechte Tochter.

Sie erklären mir, dass mein Vater ein MRT bekommen hat, dass der Professor die Aufnahmen durchsehen muss und später vorbeikommt, um mir die Diagnose mitzuteilen. Ich nähere mich meinem Vater, und zum ersten Mal spricht er meinen Namen aus.

»Wie geht es dir?«

Er nickt mit dem Kopf, um zu sagen, dass es ihm nicht allzu schlecht geht, dann nimmt er meine Hand. Ich erstarre und ziehe sie weg, ich fühle mich nicht wohl in meiner Haut.

»Möchten Sie etwas essen, *signor* Ciro?«

Jetzt fängt sie wieder an ... Mein Vater sieht sie böse an.

»Ist ja schon gut, war nur ein Scherz! Dann kriegt mein Mann eine mehr, nicht wahr, Pascà? *Chi tene che magna' nun ave a che penzà.*«

»Wer zu essen hat, muss an nichts anderes denken.«

»LASS MICH IN RUHE MIT DEINEN BANANEN! DACHTEST DU, ICH WÄRE EIN AFFE???«

Ein Schrei der Verzweiflung. Pasquale hat alle Kräfte zusammengenommen, um zu zeigen, dass er die Nase voll hat. Er hat alles gegeben. Er ist rot wie eine Tomate, und es sieht aus, als träten seine Augen aus den Höhlen. Die Szene ist so grotesk, dass wir nicht anders können, als laut zu lachen – Gina, die Schwester und ich, und sogar mein Vater. Aber Anna schmollt und ist beleidigt.

»Um mich zum Teufel zu schicken, kannst du plötzlich sprechen, du Schweinehund!«

Die Stunden vergehen in Ruhe. Gina reicht meinem Vater sein Mittagessen, Fusilli mit Tomatensauce, Fisch und Gemüse. Ich muss zugeben, dass es hier besseres Essen gibt als in manchen Restaurants in Mailand. Hier geizt man bei Klopapier und Hygieneregeln, aber nicht beim Essen.

Währenddessen arbeite ich weiter am Porträt der netten Krankenschwester, die ich heute noch nicht gesehen habe. Die Zeichnung ist fast fertig.

Am Nachmittag kommt der Professor und hat recht ermutigende Neuigkeiten. Das MRT hat ergeben, dass die gelegte Drainage gut funktioniert. Er sagt auch, dass sie morgen versuchen wollen, Papa aufstehen zu lassen.

Vielleicht kann ich bald wieder nach Hause fahren.

17

Ich setze Gina bei ihrer Wohnung ab. Sie freut sich zwar, heute Abend mit mir essen zu gehen, vergisst aber nicht ihre wichtigste Aufgabe: ihre Kinder und ihren Mann zu versorgen. Also wirklich, wenn alle Italienerinnen beschließen würden, in der Küche zu streiken, würde das ganze Land von Hunger heimgesucht.

»Ich mache ihnen jetzt Abendessen. Holst du mich um 21 Uhr ab?«

»Können sie nicht einmal ohne dich auskommen?«

»Ja, das schon ... Aber wenn ich dann aus dem Restaurant komme, wäre meine Küche ein einziges Chaos und alles Schöne an diesem Abend verdorben. Deswegen mache ich es lieber selbst, bevor ich ausgehe – damit ich es voll genießen kann!«

»Wie du möchtest. Ich fahre bei Donn'Anna vorbei, dusche und ziehe mich um.«

Als ich in die Wohnung komme, liegt Filomena auf dem Sofa und schnurrt. Ich setze mich neben sie – allerdings nicht zu nah – und nehme mein Telefon aus der Handtasche.

Luna: Wieder ein spannender Tag in Neapel (nein)! Ich sehe, dass bei euch alles okay ist.

Fatima: Geht es deinem Vater besser, meine Liebe?

Luna: Ein bisschen, er macht jeden Tag kleine Fortschritte.

Alessandra: Das freut mich zu lesen! Wir können kaum erwarten, dass du wiederkommst. (Aber ich kann dir versichern, so toll ist es hier auch nicht. Ich kann euch meinen pubertären Mann ausleihen, wenn ihr euch amüsieren wollt ...)

Luna: Ich möchte unbedingt schnell wiederkommen. Ihr fehlt mir. (Und Ale, du kannst deinen Enzo gern behalten. Was für ein Klotz am Bein!) Heute Abend gehe ich mit meiner Cousine Gina essen. Es wäre schön, wenn ihr auch dabei wärt.

Alessandra: Die, die sich immer als Leopard verkleidet? LOL. Das wird nett ...

Die Bemerkung meiner Freundin Ale versetzt mir einen Stich.

Ich bin schuld daran. Ich habe mich vor meinen Freundinnen über Gina lustig gemacht. Nicht aus Bosheit, jedenfalls dachte ich das, nur weil sie so anders ist als die Frauen, mit denen ich heute befreundet bin.

Sie hat eine andere Auffassung vom Leben einer Frau als wir, auch weil sie sich weniger ernst nimmt. Weil sie sich früh für ein Familienleben entschieden hat und für die Leute im Norden dem perfekten Klischee einer Neapolitanerin entspricht. *Terrona* nennt man sie da. Dagegen steht das Klischee der Mailänderin, aktiv, unabhängig, kultiviert und im modischen Trend.

Mir wird klar, dass ich mich zwar als aufgeschlossen und feministisch bezeichne, aber bei Licht betrachtet bin ich weder das eine noch das andere. Jedenfalls habe ich noch viel Arbeit vor mir, um die Frau zu werden, die ich gern wäre.

Diese Stadt hat mir so viel angetan, dass der Schmerz mich blind gemacht und daran gehindert hat, Nuancen zu erkennen.

Ich wollte mein früheres Leben hinter mir lassen, aber ich merke, dass dies unmöglich ist. Das wäre, als würde ich mir zwei Beine amputieren lassen.

Wieder hier zu sein, stellt alles in Frage. Es ist einfacher, weit weg zu sein und aus der Ferne seinen Hass zu pflegen. Aber hier vor Ort fangen mich meine Wurzeln wieder ein, nageln mich fest und zwingen mich, zu entdecken, was ich nicht sehen wollte. So schlimm ist es hier gar nicht, es ist nicht so düster.

Mein Telefon klingelt wieder und ich lese:

Fatima: Bitte iss eine Pizza, Lù, und denk dabei an mich!
Luna: Versprochen! Ich nehme eine mit Sardellen, wie du sie am liebsten magst.
Fatima: Mir läuft das Wasser im Mund zusammen.
Francesca: Hey, nur ein kleiner Gruß, Mädels, ich bin immer noch in der Praxis. Noch drei Patienten und dann breche ich zusammen. Aber ich wollte kurz auch dabei sein. Ich umarme euch alle! Luna, denk an mich und guten Appetit!
Luna: Versprochen, viel Erfolg und bis morgen!

Ich habe das Bedürfnis zu malen. Ich habe noch etwas Zeit, bevor ich zum Essen gehe, und möchte das Bild von der Unbekannten am Strand noch verfeinern. Ich setze mich vor die Staffelei, und gerade als ich den Pinsel eintauche, um den tanzenden Reflex der Sonne auf dem Wasser zu malen, klopft es an der Tür.

Kann man hier nicht fünf Minuten allein sein?

18

»Ach, du bist ja zu Hause. Wie geht es Filomena?«

Ich brauche einen Augenblick, bis ich verstehe, dass sie die Katze meint und nicht von sich in der dritten Person redet.

»Ich glaube, gut.«

»Ich habe mir Sorgen gemacht, weil sie den ganzen Tag nicht nach oben gekommen ist.«

Die alte Dame betritt die Wohnung, setzt sich neben die Katze und streichelt sie. Das Aas schnurrt und dreht sich auf den Rücken. So habe ich sie noch nie gesehen – offenbar hasst sie wirklich nur mich.

»Kann ich Sie etwas fragen?«

»Ja, meine Liebe.«

»Warum heißt diese Katze wie Sie?«

»Das ist ganz einfach. Der Hausmeister hat sie eines Morgens unter einem Auto gefunden. Sie war winzig und bestand nur noch aus Haut und Knochen. Es regnete. Er hat sie zum Schutz in einen Karton getan und überlegt, was er mit ihr machen sollte. Als dein Vater nach Hause kam und sie sah, war er sofort entschlossen, sie zu adoptieren. ›Sie kommt aus einem Karton in ein Schloss.‹ Das hat er gesagt. Er fühlt sich in der großen Wohnung sehr allein, weißt du. Und ich glaube, er wollte gern, dass noch jemand außer ihm diesen Komfort genießen kann. Am Anfang habe ich ihm geholfen, wegen der Pflege, der Fläschchen, weil er nicht wusste, wie das ging. Die Männer! Dann fiel ihm ein, dass ich ihm erzählt hatte, keins meiner

Kinder habe einer seiner Töchter meinen Vornamen gegeben und das stimme mich traurig. Ich habe nämlich fünf Enkelinnen. Dabei ist das eigentlich Tradition. Filomena fanden sie aber zu altmodisch, und da haben sie lieber modische Vornamen genommen. So hat Ciro die kleine Katze nach mir benannt, und seither ist sie meine sechste Enkelin. Nicht war, meine Kleine?«

»Haben Sie gemeinsames Sorgerecht?«

»Ja, sie wohnt mal hier, mal bei mir oben. Dieses Mädchen liebt den Luxus.«

»Es tut mir leid, aber ich muss jetzt leider gehen. Gina wartet auf mich, wir gehen zusammen essen.«

»Was für ein Glück, ich bin schon lange nicht mehr ausgegangen.«

Da überkommt es mich, ich verbiete mir, ihr den Vorschlag zu machen, der mir durch den Kopf geht, aber mein Mund verrät mich.

»Wollen Sie nicht mitkommen?«

»Oh, das ist ja wunderbar! Stört Sie das nicht?«

Ein bisschen schon, aber es ist zu spät.

»Nein, gar nicht, es wäre ein Vergnügen.«

»Ich brauche eine Viertelstunde, um mich anzuziehen. Beim Gehen muss man mich ein wenig stützen, aber ich schaffe es schon. Ich bin schon ganz aufgeregt ...«

Die andere Filomena sieht mich schief an. Meinetwegen streichelt ihre Majestät keiner mehr. Eine kleine Rache meinerseits. Sie faucht. Perfekt. Sie wird im Lauf des Abends sicher noch irgendwo hinpissen.

Zwanzig Minuten später sitzen wir im Auto. Die alte Dame hat sich herausgeputzt, mit Perlenkette und allem. Neben ihr wirke ich in meiner Seidenbluse etwas mickrig.

Gina ist, als wir sie abholen, aufgedrehter denn je. Ihre Augen leuchten wie die Pailletten auf ihrem pinkfarbenen Oberteil und sie freut sich, dass noch jemand dabei ist.

»Super, ein echter Weiberabend!«

Ich habe den Tisch in einem Restaurant unterhalb des *Castel dell'Ovo* reserviert, Neapels ältester Burg. Es heißt, ein Zauberer habe in ihren Grundmauern ein Ei niedergelegt, und wenn es eines Tages zerbreche, würde die Burg zerfallen und eine Reihe Katastrophen in der Stadt auslösen. Bisher hat das Ei noch keiner gefunden, aber jetzt, als ich Gina wie ein Känguru herumhüpfen und mit ihren hohen Absätzen klappern sehe, frage ich mich, ob sie gleich ein Omelett machen wird.

Ich habe meinen Freundinnen nicht die Wahrheit gesagt. Ich habe keine Pizza bestellt, es gibt hier gar keine. Man kann in dieser Stadt viele köstliche Dinge essen, aber im Norden halten sich die Vorurteile über den unteren Teil des Stiefels hartnäckig.

Ich genieße zuerst Aufschnitt und *mozzarella di bufala* als Vorspeise, überspringe die Pasta und nehme lieber gleich Fisch. Gina verpasst keinen Gang, sie will alles probieren. Filomena amüsiert sich über sie:

»Was für ein Appetit! Das zu sehen macht mir Spaß.«

»Wissen Sie, seit wann ich nicht mehr in Ruhe Abend gegessen habe, *signora* Filomena? Ich weiß es selbst nicht mehr. Es ist jedenfalls sehr lange her. Heute Abend will ich es genießen.«

»Da haben Sie völlig recht.«

Filomena erzählt von ihrem Leben, von ihrer Zeit im Norden und wie sehr ihr Neapel gefehlt hat. Gina nickt mit vollem Mund zustimmend und erklärt, sie könnte nie von hier wegziehen.

»Natürlich haben wir Neapolitaner viele Probleme und Nachteile ...«

Ich muss husten, denn das ist noch harmlos ausgedrückt.

»Aber Neapel ist ein Liebeslied. Wenn du zuhören kannst, ergreift es dich, tröstet dich und wiegt dich. Selbst wenn du alles verlierst, hast du immer noch den Reichtum, hier geboren zu sein.«

Wenn Gina durchdreht, sie ist eine echte Dichterin ...

Heute sind wir mit den Klassenkameraden zur Cappella Sanse-
vero *gegangen. Unsere Lehrerin hat uns den* Cristo velato, *den
verhüllten Christus gezeigt, die Skulptur von Giuseppe San-
martino, die den toten Christus unter einem Schleier darstellt.
Ich hatte schon davon gehört, aber noch nie Gelegenheit gehabt,
ihn zu sehen.*

*Kaum waren wir in der Kapelle, da sahen wir ihn schon. Ich
hatte nicht damit gerechnet, ihm so schnell zu begegnen, und
so stockte mir der Atem, als ich ihn entdeckte. Es ist hier so düster,
dass man meint, die Statue zöge magnetisch alles Licht an, das
in die Kapelle dringt.*

*Ich bleibe eine Weile stehen, bevor ich weiter nach vorn gehe.
Alles sieht so echt aus, und man denkt, der Mann, der dort liegt,
schläft.*

*Überrascht bin ich von der Matratze, auf der er liegt. Sie sieht
weich aus. Genau wie das Kissen, auf dem sein Kopf liegt. Es
wirkt weich und bequem. Man möchte es berühren. Wie kann
man so eine Illusion erzeugen? Dann sehe ich, dass der Schleier
ganz dicht auf Jesu Gesicht und Körper aufzuliegen scheint. Er
ist bestickt wie der einer Braut. Ich sehe auch die Verletzungen
an Händen und Füßen. Der Schmerz ist seinem Gesicht noch an-
zusehen, es ist, als hätte der Tod ihn nicht gelindert.*

*Ein Gefühl wie jetzt hatte ich noch nie, mir fröstelt. Meine
Klassenkameraden scheint es nicht so zu beeindrucken wie mich.*

»Das ist alles aus Marmor!«, sage ich.

Meine Lehrerin lächelt mir zu, sie versteht, was in mir vorgeht.

Ich habe ein Glücksgefühl, dass ich so nah an einem solchen

Kunstwerk lebe, dass ich aus demselben Ort komme wie der Mann, der dies geschaffen hat. Ich würde eines Tages auch gern solche Gefühle hervorrufen. Dass sich den Leuten die Haare aufrichten, ihnen Tränen in die Augen kommen, sie keine Luft mehr kriegen. Das bedeutet Fähigkeit, sehr große Fähigkeit. Die hätte ich gern.

19

Heute Nacht habe ich sehr schlecht geschlafen. Filomena hat von zwei bis sechs Uhr morgens ununterbrochen vor meiner Tür miaut. Als ich es nicht mehr aushielt, bin ich mit der festen Absicht aufgestanden, sie aus dem Fenster zu werfen.

Jetzt lese ich meine Mails und trinke Tee. Eine von ihnen fällt mir besonders auf. Ich lese sie atemlos.

Es ist schon spät, du schläfst sicher schon. Ich schreibe dir lieber eine Mail als eine SMS, damit dich das Klingeln nicht stört.

Ich denke an dich. Ich weiß, dass du Angst hast. Du hast Angst, weil wir uns schon zu nah sind, und bist nicht sicher, ob du, wenn du einen Schritt nach vorn machst, danach wieder den alten Platz einnehmen kannst. Du hast recht, das kannst du sicher nicht.

Du hast Angst vor dem, was die anderen sagen, selbst wenn du behauptest, das sei dir egal. Damit hast du unrecht, weil man für sich leben muss, weil die anderen dich auch nicht gefragt haben, als sie beschlossen, glücklich zu sein.

Du hast Angst vor dem, was du empfindest. Ich verstehe dich.

Es verwirrt und geht in die Tiefe. Die Beine zittern einem, das Herz schlägt bis zum Hals, Liebe und Zweifel überall.

Ich weiß.

Ich weiß.

Aber weißt du, wovor ich Angst habe, Luna?

Ich fürchte, dass sich dieses Gefühl bei dir zu sehr verfestigt und schließlich die Oberhand gewinnt.

Dass es mich dazu verdammt, zu leben, ohne dich noch einmal zu küssen, ohne dir die Hand zu halten, ohne dir sagen zu können, wie schön du bist, wenn du vor Verlegenheit rot wirst, weil ich dir gesagt habe: Du bist schön.

Ich fürchte, die Liebe meines Lebens zu verpassen, die Frau, mit der ich gern eine Familie haben möchte. Auch davor hast du Angst, das weiß ich.

Ich hätte Lust, in den Zug zu springen und zu dir zu kommen, um dir zu sagen, du bist diejenige, auf die ich gewartet habe.

Du fehlst mir.

Ich liebe dich.

Alles passiert zur gleichen Zeit, das ist schrecklich.

Ich würde mich am liebsten in Filomenas Korb legen, damit jemand kommt und mich streichelt wie ein kleines Tier, das kein Bewusstsein hat. Oder mich woanders hinbringt, so wie sie die Etage wechselt.

Ich bin eine gut organisierte Frau und brauche ein bisschen Kontrolle über mein Leben, weil ich mich schnell von anderen überfahren fühle. Das ist für eine Künstlerin nicht typisch, ich weiß, aber ich brauche ein stabiles Gleichgewicht. In meiner Arbeit folge ich meinem Instinkt, aber im Leben gehe ich eher methodisch vor.

Leider gibt es Dinge, die man nicht voraussehen kann. Wie der Tumor im Gehirn meines Vaters, den ich nicht mehr wiedersehen wollte. Oder dass ich mich unsterblich verliebt habe. Wie ist das nur möglich? Wir haben so unterschiedliche Lebensweisen und -geschichten.

Ich denke daran, was Gina neulich Abend gesagt hat. Neapel ist wie ein Liebeslied. Ich öffne weit die Fenster, um die Worte des Liedes zu hören. Ich brauche viel frische Luft.

Ich will versuchen es zu machen wie bei der Malerei und mich ganz auf meinen Instinkt verlassen.

Ich ziehe eine Jeans an, nehme das Auto und fahre los. Ziellos fahre ich am Meer entlang. Die Stadt liegt noch halb im Schlaf, die andere Hälfte legt sich bald wieder zur Ruhe. Die Sonne geht auf, sie wird wohl auch heute wieder der große Star sein. Ich hole tief Luft, atme sanft aus. Ich versuche, Leere zu schaffen.

Es hängt ein Damoklesschwert über dem Kopf meines Vaters und eins über meinem Herzen. Ich habe schon mehrmals gedacht, ich sei verliebt. Da waren Fabio und mein erster Kuss, Gabriele und auch Andrea. Mehr oder weniger schöne Geschichten, mehr oder weniger lang, aber bei allen habe ich nicht zu sehr gelitten. Mit dreiunddreißig habe ich, glaube ich, noch nie einen richtigen Liebeskummer erlebt. So, dass man den Appetit verliert, sich die Augen ausweint, verzweifelt, wie verhext ist. Wenn eine Geschichte zu Ende war, hatte ich immer das Gefühl, am Ende einer Reise angekommen zu sein. Das war alles. Richtig traurig war ich nie, und gefehlt hat mir auch nichts ... Es war einfach Rückkehr in die Normalität, in die Einsamkeit, bevor alles begann, dazu das seltsame Gefühl, dass ich irgendwo einen Fehler machte und die Spielregeln nicht richtig verstand.

Ich glaubte schon mehrmals, verliebt zu sein, doch das war vor dem 11. März dieses Jahres. Bevor ich so geküsst wurde, bevor ich das tiefe Gefühl hatte, eine verwandte Seele gefunden zu haben.

Seitdem herrscht in meinem Kopf Chaos. Von meinem Herzen schon gar nicht zu reden.

Über eine Stunde bin ich Richtung Süden gefahren. Ich kam an die Amalfiküste und hatte ganz vergessen, wie schön die Landschaft dort ist. Ich genieße das Panorama der fast menschenleeren Straße.

In einem kleinen Dorf mache ich halt. Ich parke das Auto beim Strand und setze mich in den Sand. Überall Blau, Ruhe ... Genau das habe ich gebraucht.

Auf die Mail von heute Morgen habe ich noch nicht geantwortet. Genauer gesagt, ich finde für die Antwort nicht die passenden Worte. Aber ich habe Gefühle. In jedem Zentimeter meines Körpers, und ich empfinde sie so stark, dass es schmerzt.

Ich nehme mein Heft und beginne zu zeichnen.

Als ich wieder aufblicke, ist es schon Mittag und ich sterbe vor Durst. Oberhalb des Strandes entdecke ich ein Café und lasse mich auf der Terrasse nieder.

»Was kann ich dir bringen, *signorina*?«, fragte eine Frau mittleren Alters, offenbar die Chefin.

»Ich hätte gern Wasser, und ich brauche auch eine kleine Stärkung.«

»Ich kümmere mich um dich! Warte hier.«

Fünf Minuten später kommt sie mit Oliven, Chips und, wie sie sagt, ihrer Spezialität, einem *amalfitano*.

»Er ist wie ein Spritz, aber besser«, verkündet sie mit einem breiten Lächeln. »Ich habe ihn selbst erfunden.«

Ich probiere ihn, er ist tatsächlich genau das, was ich brauche.

»Er heilt alle Schmerzen, bei der Madonna! Aber sei vorsichtig. Er ist auch tückisch. Bevor du weiterfährst, machst du am bestens eine kleine Siesta am Strand.«

Der Alkohol ermutigt mich, ein Foto meiner Zeichnung zu schicken. Darauf sind zwei sich umfassende Hände zu sehen und darunter steht: »Nicht mal mehr Angst.«

20

Als ich im Krankenhaus ankomme, treffe ich zu meiner Überraschung meinen Vater im Bett sitzend an. Er schaut auf sein Telefon. Als er mich an der Türschwelle sieht, lächelt er mir zu.

»Ich freue mich, dass es dir besser geht. Hast du es schon geschafft, ein bisschen aufzustehen?«

»Nein be...«

Er bringt die Worte nicht heraus. Er versucht es, aber ich sehe an seinem Gesicht, welche Anstrengung es ihn kostet. Ich unterbreche ihn nicht, sondern lasse ihm Zeit. Irgendwann verlässt ihn der Mut.

»Der Physio hat es heute Morgen versucht«, sagt die Nachbarin, die wieder beharrlich auf ihrem Posten sitzt, »aber es ging ihm nicht gut, und da haben sie ihn wieder hingelegt. Das scheint normal zu sein. Man muss es wirklich langsam und schrittweise machen.«

Ich versuche, mit ihm zu sprechen, ihn anzuregen. Es ist nicht einfach, mit ihm ins Gespräch zu kommen. Wir haben ja seit Jahren nicht mehr miteinander geredet. Höchstens gelegentlich bei Feiern oder Geburtstagen. Nur um zu fragen, wie es geht, und um ein gutes Gewissen zu haben.

Ich erzähle ihm von Filomena. Da erhellt ein Lächeln sein Gesicht. Ich erkläre ihm, dass sie mich nicht mag und ich glaube, dass sie mich töten will.

»Nein ... lieb.«

»Ja, zu dir und ihrer Großmutter vielleicht – habe ich das wirklich so gesagt? –, aber mich hasst sie!«

Plötzlich hört man Schreie auf dem Flur. *Signora* Anna springt gleich von ihrem Stuhl auf, sichtlich erfreut, dass es etwas zu tun gibt. Sie öffnet die Zimmertür, gerade so viel, um herausschauen zu können. Ich höre einen Pfleger auf Neapolitanisch schreien:

»Was denken Sie sich, *signora* Vitale! Sind Sie denn ganz hohl im Kopf? Sie hätten ihn umbringen können! Nein, das ist nicht schmutzig, das ist normal! Ich hab hier im Krankenhaus ja schon viel erlebt, aber das ist der Gipfel! Ist es so schwer zu verstehen, wenn ich sage, Sie sollen nichts anfassen???«

Mir tut die Frau, die so eine Abreibung kriegt, leid. Ich habe sie schon einmal gesehen. Sie sitzt am Bett ihres Mannes, der wirklich elend aussieht. Ich frage mich, was sie wohl getan hat, dass man sie so beschimpft.

»Nein, *signora*«, fährt der Pfleger fort, »SIE DÜRFEN DEN SCHLAUCH NICHT AUS DEM HALS ZIEHEN, UM IHN ZU SÄUBERN! DAS DÜRFEN SIE AUF KEINEN FALL! NIEMALS!«

Ach so, das war es, jetzt verstehe ich es besser.

Im Zimmer meines Vaters sehen wir uns alle ungläubig an.

»Siehst du, Pascà«, sagt Anna, »du beschwerst dich über mich, aber es gibt viel Schlimmeres! *'E voglia 'e mettere rum, chi nasce strunz' nun po' addiventà babà!*«

»Kipp so viel Rum rein, wie du willst, nie wirst du aus Scheiße einen Rumkuchen machen.«

Ich habe in dieser Stadt viel erlebt. So unwahrscheinliche

Dinge, dass ich sie selbst meinen Freunden in Mailand nicht erzählt habe. Sie hätten sicher gedacht, dass ich lüge oder stark übertreibe. Manches muss man selbst sehen, um es zu glauben. Neapolitaner sind besondere Wesen. Ich sage das in dem Wissen, dass ich dazugehöre. Es ist ja auch nicht nur negativ, ganz im Gegenteil. Das Problem liegt darin, dass es kein Mittelmaß gibt und alles immer übertrieben wird.

Mein Onkel kommt am Nachmittag. Mir fällt auf, dass mein Vater ihn nie anschaut. Ich dachte erst, das sei Gleichgültigkeit, aber inzwischen glaube ich, es ist aus Scham.

Er weiß, dass alle Vorwürfe seines Bruders gerechtfertigt sind.

Zio Gerardo bleibt nie lange da. Er geht durchs Zimmer, sieht nach, ob etwas fehlt, nimmt Pyjamas und Handtücher zum Waschen mit, bringt dem Bruder saubere Wäsche, Fruchtsaft und seine Lieblingskuchen mit.

Als er abends weggeht, folge ich ihm auf den Flur.

»*Zio*, warum machst du das?«

»Warum mache ich was?«

»All das für Papà. Die Fahrten, die Einkäufe ... Ich verstehe das nicht.«

»Sicher aus demselben Grund wie du, Luna. Trotz allem, was er getan hat, bleibt er ein Mensch, ein Bruder, ein Vater. Niemand hat verdient, allein in einem Krankenzimmer zu krepieren. Ich kann das jedenfalls nicht zulassen. Nie könnte ich ihm vergeben, was er getan hat, aber mir würde ich noch weniger verzeihen, das Leid meines Bruders zu ignorieren. Glaub mir, ich hoffe, es geht ihm schnell besser und er kommt hier wieder raus. Ich habe Besseres zu tun, als an seinem Bett zu hocken. Auch wenn ich mich freue, dass du ein bisschen bei uns bist, hast du sicher auch Lust, bald wieder nach Hause zu kommen.«

Papa ist immer häufiger müde. Ich mache mir große Sorgen.

Nachts arbeitet er im Hafen, seit er sechzehn ist. Morgens kommt er nach Hause, ohne Lärm zu machen. Er duscht sich und legt sich ins Bett, trinkt nicht mal einen Kaffee. Bevor ich in die Schule gehe, sehe ich ihn gar nicht. Aber seit einiger Zeit, wenn ich zum Frühstücken in die Küche komme, sitzt er am Tisch und starrt ins Leere. Die Ringe unter seinen Augen, an die ich mich schon gewöhnt habe, werden von Tag zu Tag größer. Er erinnert mich an einen ausgehungerten Panda. Manchmal habe ich Lust, ihn in den Arm zu nehmen, aber ich traue mich nicht.

Wenn er mich sieht, bemüht er sich zu lächeln, aber sein Lächeln ist falsch und macht mich noch trauriger. Ich glaube, er hat Geldsorgen. Wir haben nie viel gehabt, aber jetzt scheint es noch schlimmer zu sein. Oft höre ich Mama im Badezimmer weinen. Es bricht mir das Herz.

Vorgestern habe ich einen Schlag auf den Hintern bekommen. Ich brauchte ein neues Heft und habe mich nicht getraut, darum zu bitten. Ich habe es Gina erzählt und sie wollte mir im Laden eins klauen, aber sie haben uns erwischt. Mein Vater war ganz verrückt vor Zorn. Und er sagte immer wieder:

»Hältst du mich für einen Versager, Luna? Glaubst du das? Dass ich dir nicht mal ein Heft kaufen kann?«

Als mein Onkel mir eins schenken wollte, haben sie sich jede Menge Grobheiten an den Kopf geworfen und miteinander gerangelt. Ich war furchtbar erschrocken.

Ich habe nie gedacht, dass mein Vater ein Versager ist. Ich bin stolz auf ihn und ich liebe ihn so sehr. Ich wollte nur, dass er nicht noch mehr Probleme kriegt. Heute Morgen sieht er noch elender aus als sonst. Nur Mut, Luna!

Ich habe allen Mut zusammengenommen und ihn umarmt. Es war gar nicht so schwer. Aber am schwersten war, als ich merkte, dass er an meinem Hals leise weinte.

21

Francesca: Hallo, Mädels! Wie geht es euch? Mir geht's sehr gut, richtig gut. Ich stehe in Flammen!

Alessandra: Titel. Immer mit der Ruhe. Ich habe meinen Tee noch nicht getrunken. Deine gute Laune macht mich fertig. Sei ein bisschen dezent. (Ja, ich bin in einer Scheißstimmung. Und ihr wisst schon, warum.)

Fatima: Von meinem verstopften Waschbecken und dem Durchfall meiner Tochter und meinem prämenstruellen Syndrom abgesehen – ich könnte die halbe Welt kaltmachen (nur euch nicht) und kiloweise Wurst und Eis essen – geht es mir nicht ganz so schlecht ...

Luna: Wenn du kiloweise Wurst und Eis isst, wird es dir so gehen wie deiner Tochter. Guten Tag, ihr Weiber! Freut mich zu hören, dass es dir gut geht, Fra', gibt es einen Grund für so viel Glück?

Francesca: Ich habe nur die Antwort bekommen, auf die ich gewartet hatte. Ich hoffe, ich kann euch bald davon erzählen.

Fatima: Was versteckst du da vor uns? Sag bloß, du schweigst aus Aberglauben! Wir sind deine Freundinnen, du musst uns alles sagen, alles! Also, spuck's schon aus!

Francesca: Titel. Ich will es euch mündlich erzählen.

Alessandra: Müssen wir also warten, bis Luna wieder da ist? Spann uns nicht so auf die Folter!

Ich liege noch im Bett und lächele beim Lesen. Ich bin sehr spät schlafen gegangen. Als ich aus dem Krankenhaus kam, habe ich eine Pizza bestellt – schon lange hatte ich nicht mehr eine so gute gegessen! –, dann habe ich die halbe Nacht hindurch gemalt. Ich bin mit dem Bild der unbekannten Frau am Strand fertig. Ich finde sie hübsch, sie versetzt mich in eine friedliche Stimmung.

Während ich meinen Kaffee koche, sehe ich Filomena in ihrem Korb schweben. Ich beschließe, ihrer »Großmutter« eine Tasse zu bringen. Sie ist überrascht, mich an ihrer Tür zu sehen.

»Ach, Luna, guten Tag! Geht's dir gut? Wie geht es deinem Vater?«

»Ja, ja, alles gut, keine Sorge. Ich wollte nicht allein frühstücken. Störe ich auch nicht? Ich habe Ihnen einen Kaffee mitgebracht.«

»Nein, ganz und gar nicht, komm herein, mein Kind. Ich habe Apfelkuchen da, möchtest du ein Stück?«

Ich nicke und betrete die Wohnung.

Ich bin überrascht, wie viele Gegenstände es hier pro Quadratmeter gibt. Das hier ist keine Wohnung, sondern ein Museum. Überall gibt es Dutzende Fotos, an den Wänden, auf den Regalen und Möbeln. Vor allem Porträts, und mitten im Wohnzimmer steht ein großer Flügel.

»Spielen Sie?«, frage ich, »ich habe es gar nicht gehört.«

»Meine Hände schmerzen dabei zu sehr. Und mein langjähriger Freund ist nur noch da, um Staub anzusetzen ...«

Filomena verschwindet in der Küche. Ich sehe, dass ihre

Namensschwester es sich bereits auf dem zweiten Sofa bequem gemacht hat. Sie scheint sich nicht zu freuen, mich zu sehen.

Die Läden sind geschlossen, nur ein Lichtstrahl dringt herein, der diesen Ort noch geheimnisvoller macht.

Wem wohl all diese Gesichter gehören?

»Der Kuchen ist köstlich!«

»Ich gebe dir ein Stück für deinen Vater mit, wenn du so nett bist, es ihm mitzunehmen.«

»Natürlich, gern.«

»Wie geht es mit ihm weiter?«

»Ich erfülle meine Tochterpflichten. Ich sitze bei ihm und warte, dass es ihm besser geht.«

»Kann er wieder sprechen?«

»Eigentlich nicht. Er sagt manchmal ein paar Wörter. Aber es fällt ihm noch schwer. Die Ärzte sagen, das sei normal.«

»Vielleicht ist das der geeignete Moment, ihm zu sagen, was du auf dem Herzen hast, oder?«

»Ich weiß nicht, was mein Vater Ihnen erzählt hat, Filomena. Aber er weiß genau, was ich auf dem Herzen habe. Er weiß genau, warum wir weggegangen sind, warum ich nichts mehr von ihm wissen will ...«

Sie senkt den Blick.

»Du wirst deine Gründe haben, das verstehe ich. Aber du solltest wissen, dass ihm viel an dir liegt.«

»Ich weiß, ich weiß. Deswegen hatte ich lange Zeit Schuldgefühle. Ich weiß, er liebt mich so sehr, dass er alles für mich tun würde, und genau das ist ja passiert. Aber ich will diese Last nicht mehr tragen. Ich möchte von unserer Vergangenheit befreit werden. Ich möchte das alles in eine alte Kiste tun und sie fest zuschließen. Und ich möchte mir jetzt mein eigenes Leben aufbauen.«

»Ich stehe Ciro sehr nah, weißt du. Auch weil mich meine Kinder nie besuchen. Die Arbeit und ihr rasend schnelles Leben. Manchmal beklage ich mich, dass ich sie nie zu sehen bekomme. Dann erwidern sie, ich hätte ja bei ihnen bleiben können. Aber das habe ich ja gemacht, mehr als dreißig Jahre lang. Ich war so naiv zu glauben, sie würden nach einem so langen Leben an ihrer Seite auch einmal zu mir kommen. Aber da habe ich mich getäuscht.«

Sie tut mir leid. Ich habe den Eindruck, dass Eltern, ganz gleich, was sie tun, sich irgendwann täuschen.

»Was war in Deutschland Ihr Beruf?«

»Ich war in der Modebranche. Wir haben mit einem kleinen Laden in Berlin angefangen. Dann waren es zwei, dann zehn und heute gibt es über achtzig im ganzen Land. Seit mein Sohn die Firma übernommen hat, will er sogar Filialen im Ausland eröffnen.«

»Sie haben ja großes kommerzielles Geschick!«

»Wir waren zur richtigen Zeit am richtigen Ort. Mein Mann wurde ein fähiger Geschäftsmann und ich als echte Neapolitanerin war eine gewiefte Verkäuferin. Wir waren ein sehr gutes Team. Unsere Angestellten haben wir alle selbst ausgebildet. Italienischer Erfindergeist und deutsche Strenge, das war vielleicht was ... zusammen mit unseren Mitarbeitern waren wir echte Bulldozer.«

»Ich bin beeindruckt. Fehlt Ihnen das alles denn nicht? Ihre Läden? Die Deutschen?«

»Oh nein, ich hatte ein aufregendes Leben; aber jetzt bin ich müde, und nur in Italien gibt es echte *dolce vita*. Ich hätte nur gern mehr Menschen um mich. Ich habe meine Zeit damit verbracht, die Einsamkeit der anderen zu lindern, und heute, Ironie des Schicksals, bin ich selbst davon betroffen.«

Ich sehe um mich herum all diese Gesichter auf den Fotos – alte, junge, schwarze, weiße, füllige, hagere. Sie können nicht alle mit ihr verwandt sein. Es sind zu viele und sie sind zu verschieden.

Vielleicht ihre Angestellten? Gerade will ich sie danach fragen, aber da klingelt es an der Tür.

22

Ein riesiger Blumenstrauß. Rosen so rot wie die Sohlen der Louboutin-Schuhe, wenn sie neu aus dem Laden kommen.

»Oh Gott, sind die für mich?«, fragt Filomena.

»Nein, *signora*, sie sind für meine Cousine«, sagt Gina, die ich hinter dem Strauß erahne. »Wahrscheinlich ihr heimlicher Verehrer ...«

Ich werde ganz rot im Gesicht und meine Wangen werden heiß. Ich greife nach der Karte.

»Du bist schön, wenn du rot wirst, *ti amo*.«

Gina kommt in die Wohnung herein und stellt den riesigen Strauß auf den Tisch.

»Das Ding ist höllisch schwer! Er scheint dich ja gut zu kennen ...«

»Hast du etwa die Karte gelesen? GINA! Warum hast du die Blumen nicht unten gelassen?«

»Weil die Zwillinge heute Nacht abwechselnd gespuckt haben und meine Neuronen heute Morgen nicht gut vernetzt sind.«

»Woher wusstest du, dass ich hier bin?«

»Die Autos standen da, deine Jacke lag im Wohnzimmer, du warst nicht am Strand. Ein Glück! Sonst hätte ich dir den Strauß am Ende noch dahin gebracht. Also habe ich mir gedacht, dass du hier sein musst. Bingo. Dann muss ich das Ding halt wieder nach unten bringen. Aber zuerst hätte ich gern einen Kaffee! Und erzähl uns, wer dieser geheimnisvolle Verehrer ist.«

Das ist kein Verhör, es ist schlimmer.

Filomena versucht, nicht nachzuhaken, aber sie würde es gerne, sie brennt vor Neugier.

Ich antworte irgendwas Beliebiges, nur, damit sie mich in Ruhe lassen. Ich bin noch nicht so weit, noch nicht. Nicht so. Ich kann meine Cousine nicht anschauen, wenn sie weiß ... Ich ... nein, ich bin nicht in der Lage dazu.

Ich brauche mehr Luft zum Atmen. Was ist, wenn ich ein Versprechen gegeben habe, das ich nicht halten kann?

Warum schaffe ich es nicht, mich von der Meinung der anderen zu befreien? Genau das hat mich hier fast umgebracht. Die anderen, was sie sagten, ihre Worte, ihre Blicke, die an mir klebten wie Kaugummi an einem Schuh. Deshalb sind wir weggegangen. Um nichts mehr zu sehen, nichts mehr zu hören. Wir sind geflohen, obwohl wir nichts Schlimmes getan hatten, und jetzt fange ich wieder an.

Es ist völlig unverständlich. Wenn es um meine Arbeit geht, nehme ich negative Kritik gerne an, das finde ich normal, durch sie komme ich vorwärts; auch ist mir klar, dass man nicht jedem gefallen kann. Aber im Privatleben übersteigt es meine Kräfte. Der Gedanke, man könnte schlecht von mir denken, macht mich krank. Ich wünschte mir, dass mich alle gernhaben. Oder zumindest, dass mich niemand hasst. Seit Jahren gehe ich einmal pro Woche zum Psychologen, der ein Vermögen kostet. An vielen Punkten bin ich weitergekommen, aber an diesem nicht.

Ich bin imstande, etwas, was mich glücklich machen würde, links liegen zu lassen, um andere nicht zu irritieren oder Gefahr zu laufen, dass sie mir aus dem Weg gehen. Was für eine Idiotin ich doch bin! Und diesmal geht es vielleicht um einen Menschen, der mir mehr bedeutet als jeder sonst.

Ich muss Kraft finden, und ich muss sie irgendwo hernehmen.

23

Gina schlägt mir vor, sie zum Fischmarkt zu begleiten. Es gibt nichts Besseres als einen Morgen auf dem Markt, um mit einem gewissen Vergnügen in die Atmosphäre Neapels einzutauchen. Es geht dort zu wie an einem Festtag.

Wir kommen nach *Spaccanapoli. Spacca* bedeutet Bruch, und genau das macht diese zwei Kilometer lange Straße: Sie bricht die Stadt in zwei Teile. Das zu sehen ist beeindruckend, vor allem von oben. Neapels Norden und Süden werden durch diese Ader der Altstadt getrennt, auf der es wimmelt wie in einem Ameisenhaufen, an jedem Tag, bei jedem Wetter, zu jeder Jahreszeit.

Hier kann man Einheimische von Touristen deutlich unterscheiden. Die Neapolitaner tragen Unmengen von Lebensmitteln, reden laut, schlängeln sich an den Ständen vorbei und trödeln nicht. Fremde hingegen reißen groß die Augen auf, halb amüsiert, halb fasziniert und lassen sich nichts von dem Schauspiel entgehen.

Heute gehöre ich eher zur zweiten Kategorie. Ich entdecke diesen Ort mit den Augen einer Erwachsenen. Er hat wirklich etwas Faszinierendes. Mir ist, als befände ich mich im Theater, in einem atemberaubenden Stück mit perfekt spielenden Darstellern.

Gina zieht mich am Arm weiter.

»Entschuldigung, aber Zeit zum Träumen hab ich nicht, ich muss Tintenfisch kaufen und will noch eine Auswahl haben, also Trödeln geht nicht.«

Ich bin begeistert von den Gerüchen. Dem von frischem Fisch, den ich schon immer mochte, von Gebratenem – hier wird alles frittiert, was nur irgend möglich ist –, von frischem Gebäck. Mir läuft das Wasser im Mund zusammen.

Meine Cousine verhandelt in der für sie typischen Höflichkeit mit dem Fischhändler. So etwas erlebt man in Mailand nie, und ich würde auch nie wagen, es zu tun.

»Du willst mich wohl verarschen, Michele! Letzte Woche war es billiger. Du willst mich doch wohl nicht bestehlen, oder? Probier das bei anderen! Mehr als sieben Euro habe ich nicht. Und wenn dir das nicht passt, ist mir das auch egal!«

Ich mache ein paar Fotos von der Straße. Ich würde mich hier gern mit meiner Staffelei hinsetzen und malen. All diese Bewegung, die Menge, der Lärm … Dieser Ort ist zauberhaft, ich bin davon ganz begeistert. Hatte ich das alles vergessen?

Es gelingt mir schließlich, Gina zu einer Pause zu überreden. Wir setzen uns auf die Terrasse der Antica Pasticceria von Giovanni Scaturchio, dessen *sfogliatelle* einfach umwerfend sind.

»Immer wenn ich sie esse, kriege ich einen Orgasmus«, verkündet meine Cousine, während wir uns hinsetzen.

Der Kellner ist offensichtlich entsetzt und kippt vor Schreck beinahe um.

»Ach, ihr Kerle, so ein bisschen haut euch schon um? Hast du noch nie was von Orgasmus gehört? Deine Freundin tut mir leid.«

Ich weiß nicht, ob es dem Ober oder mir peinlicher ist.

Wir bestellen beide eine *sfogliatella* und einen Kaffee, und als ich in den Blätterteig hineinbeiße und den cremigen Ricotta schmecke, fühle ich mich wie im siebten Himmel. Schließlich stoße ich ein »Oh, mein Gott« aus wie Janice in *Friends* und bestelle sofort eine zweite *sfogliatella*. Ich fotografiere meinen Teller, um meine Freundinnen neidisch zu machen, und schicke das Bild an die Chat-Gruppe.

Luna: Hier ist praktisch immer Tag der heiligen Kohlehydrate!

Zur Antwort erhalte ich sabbernde Smileys, andere mit Herzchen statt Augen und auch ein »Ich hasse dich aus tiefsten Herzen« von Fatima, der größten Feinschmeckerin von allen, die 365 Tage im Jahr Diät hält und deshalb frustriert ist.

»Gina, warst du schon mal länger in Filomenas Wohnung?«

»Ein oder zwei Mal. Um ihr die Einkäufe hochzubringen oder nachzusehen, ob noch genug Kroketten für die Katze da sind.«

»Weißt du, wer all diese Leute auf ihren Fotos sind?«

»Keine Ahnung, wieso?«

»Einfach so, ich würde es gern wissen.«

»Du brauchst sie doch nur zu fragen.«

»Das wollte ich ja gerade, aber da kamst du …«

»Bitte entschuldigen Sie, Madame, dass ich die Blumen hochgebracht habe!«

»Ich finde diese Frau faszinierend.«

»Ja, das ist sie. Und ich bin froh, dass sie und dein Vater befreundet sind. Ihn allein zu wissen, macht mich traurig.«

Ich antworte ihr nicht, um das Thema zu wechseln. Aber sie gibt nicht auf. Ich bin erstaunt.

»Du könntest ihn ruhig ab und zu besuchen ... Zu deiner Hochzeit lädst du ihn doch sicher ein.«

»Welche Hochzeit denn ... NEIN!«

»WAS?«

»Gina, er ist nicht mehr Teil meines Lebens. Warum sollte ich ihn einladen? Und hör auf, von Hochzeit zu reden!«

»Warum? WEIL ER DEIN VATER IST!«

»He, schrei nicht so! Er ist mein Vater, aber ich will nichts mehr mit ihm zu tun haben. Verdammte Scheiße! Ich bin in dieser Geschichte nicht die Böse. Und das weißt du genau. Du weißt, was er getan hat.«

Sie senkt den Blick.

»Luna, wenn man keinen Ausweg findet, keine Wahl mehr hat, muss man manchmal Dinge tun, die man für falsch hält.«

»Da bin ich anderer Meinung! Nach diesem Grundsatz kann man alles entschuldigen. Man hat immer eine Wahl.«

Sie lacht bitter. Ihr Blick ist traurig, und gleich kommen ihr die Tränen. Da steht sie lieber auf, um zu gehen. Sie sagt, es sei gut, dass ich weggegangen sei, weil ich die Probleme hier sowieso nicht verstehe. Und vom Leben übrigens auch nichts.

Mir wäre ein Fausthieb lieber gewesen.

Ich habe den Samstag mit meiner Cousine verbracht. Sie hatte ausnahmsweise frei.

Gina hat die Schule aufgegeben. Seit dem Ende der Ferien arbeitet sie im Stadtzentrum in einer Pizzeria. Sie sagt, dass sie die Schule leid war, dass Lernen nichts für sie ist. Aber ich weiß, dass das falsch ist. Gina war immer eine sehr gute Schülerin, richtig begabt für Mathe. Es war ihr Traum, Kinderärztin zu werden, weil sie Kinder immer sehr gern mochte. Vielleicht auch, weil ihr jüngster Bruder zwei Tage nach seiner Geburt gestorben ist.

Ich weiß, dass sie nicht mehr zur Schule geht, weil seit dem Tod meiner Tante nicht mehr genug Geld da ist und mein Onkel nicht alles allein verdienen kann. Er muss vier Kinder ernähren. Zia Enrica hatte in den feinen Vierteln immer als Putzfrau gearbeitet. Das half sehr.

Mein Vater wollte ihnen Geld leihen, aber mein Onkel hat es nicht angenommen, und das hat ihn ganz verrückt gemacht.

Gina ist froh, dass sie das Gehalt des Vaters etwas aufbessern kann.

»Die Jungen wachsen schnell, sie brauchen alle drei, vier Monate neue Schuhe!«

Seit dem Tod ihrer Mutter ist in ihr etwas für immer zerbrochen. In letzter Zeit hat sie ihren Stil geändert. Sie trägt kürzere Röcke, schminkt sich mehr, sie raucht, sie trinkt … Man hat das Gefühl, sie will ihren Kummer verbergen, indem sie sich verkleidet. Wie ein trauriger Clown. Und ich sehe dem Schauspiel tatenlos zu.

24

Ich sehe ihn von hinten am Fenster stehen. Unter seinem Pyjama scheint er eine Windel zu tragen.

Zugleich erleichtert und traurig gehe zu ihm und gratuliere.

»Bravo, heute hast du es geschafft!«

Endlich spricht er ein paar Wörter aus:

»Ja ... ich ... gg... gehe ein bisschen.«

»Das freut mich.«

»Wie ... Filomena?«

»Wie es ihr geht? Moment mal, welche meinst du?«

Er lacht: »Katze.«

»Gut, es geht beiden Filomenas gut.«

»Sie muss zum T... Tier...«

»Tierarzt?«

»Ja.«

»Ach wirklich? Warum?«

»I... impfen.«

»Kann das nicht warten, bis du nach Hause kommst?«

Er schüttelt den Kopf.

»Und ich soll mit ihr da hingehen?«

»Ja ... bitte.«

»Aber sie hasst mich. Das werde ich nie schaffen, sie wird mir das Gesicht zerfetzen.«

Da zieht er die ganz große Nummer: seinen traurigen Hundeblick. Ich glaube es nicht. Aber natürlich gebe ich nach – ich habe den Willen eines Weichtiers –, verspreche ihm, es zu versuchen, und sehe mich schon im Astronautenanzug, damit die Katze mich nicht ramponiert. Vielleicht kann ich sie vorher betäuben?

Der Nachmittag geht schnell vorbei. Wir machen eine paar Kreuzworträtsel, spielen Karten, und während sich mein Vater ausruht, zeichne ich. Die Augen der Schwester sind am schwersten. Nicht das Auge an sich, sondern der Blick, was er ausdrücken, welche Empfindungen beim Betrachter er hervorrufen soll. Ihrer ist sanft, wie die zärtliche Geste einer Mutter. Er bedeutet: Ich weiß, ich verstehe dich. Auf dem kleinen Rolltisch, den ich von meinem Vater ausgeliehen habe, drehe ich mein Heft in alle Richtungen. Ich neige meinen Kopf nach rechts und nach links. Früher habe ich darauf nie geachtet, aber eines Tages haben mich die Freundinnen beim Zeichnen gefilmt. Ich hatte mich vorher natürlich nie bei der Arbeit gesehen: Ich bewege mich viel, bin nie völlig ruhig, mein ganzer Körper ist im Einsatz. »Eine echte Neapolitanerin«, sagten sie.

Zum Nachmittagskaffee taucht *signora* Anna mit einem Zitronenkuchen auf.

»Da lässt du dich nicht lange bitten, stimmt's, Pascà? Das ist besser als Bananen. Du steckst alles gleich in den Mund.«

Am liebsten würde ich rufen »Titel«, aber das wäre wohl unpassend.

Zumal gerade in diesem Moment der Professor, der meinen Vater behandelt, ins Zimmer kommt. Er trägt ein dunkelblaues Schiffchen auf dem Kopf, das seine Augen betont. Er sieht angestrengt aus. Auf seinem Gesicht sieht man die Müdigkeit der letzten Tage. Ich sehe auch den Ehering an seinem Finger und denke an seine Frau, die ihn sicher nicht oft sieht. Bei diesem Beruf hat das Leben der anderen oft Vorrang vor dem eigenen.

Er hat bestimmt die Ergebnisse bei sich. Mein Herz klopft heftig. Er bittet mich auf den Flur, um dort mit mir zu sprechen. Ich stehe da und versuche, meine zitternden Hände ruhig zu halten.

»*Signorina* Esposito, ich habe gute Nachrichten.«

Danke, lieber Gott.

»Der Tumor Ihres Vaters ist gutartig, er braucht also keine Chemotherapie. Da wir aber nicht alles entfernen konnten, muss er alle sechs Monate ein MRT machen, um zu beobachten, wie er sich entwickelt.«

»Sehr gut.«

»Er muss noch ein paar Tage hierbleiben, da er noch schwach ist. Außerdem müssen wir die richtige Dosierung für sein Medikament finden, das er jetzt immer nehmen muss. Seine Sprache kehrt zurück, das ist ermutigend. Geben Sie ihm weiter Anregungen.«

»Das mache ich, Doktor, vielen Dank.«

Ich bin erleichtert und gehe lächelnd ins Zimmer, um meinem Vater Bescheid zu geben. Obwohl ich versuche, dabei so diskret wie möglich zu sein, kommt die Nachbarin – die so tut, als höre sie gar nicht zu – gleich zu mir und umarmt mich. Sie gibt auch meinem Vater zu dessen Ärger einen dicken Kuss auf die Wange und bringt uns zur Feier des Tages noch mehr Kuchen.

Bevor ich gehe, fragt mich mein Vater, ob ich noch eine Weile in Neapel bleibe. Ich verspreche ihm, es zu tun, bis er entlassen wird. Das scheint ihn zu beruhigen.

»Und danach, s...eh... ich ... di... ni... mehr?«

25

Ich erreiche Ginas Haus gegen acht Uhr. Ich muss immer an unser letztes Gespräch denken und möchte nicht, dass wir aufeinander böse sind. So war das schon, als wir Kinder waren, wir hatten uns versprochen, uns nie zu lange zu streiten, und ich halte meine Versprechen immer.

Als ihr Mann mir die Tür öffnet, ist er erstaunt, mich zu sehen. Die Kinder kommen schreiend herbeigelaufen und begrüßen mich freudig. Antonio erklärt mir, dass meine Cousine bei ihrer Großmutter ist – wie fast jeden Abend –, um ihr Essen zu bringen und ihr beim Schlafengehen zu helfen.

»Sie ist sicher bald wieder hier. Komm doch rein! Möchtest du etwas trinken?«

»Hast du Wein?«

»Einen sehr guten sogar, ein besonderer Jahrgang von meinem Vater.«

»Den probiere ich gerne.«

Der Wein ist sicher 25 Grad warm. Nach zwei Schlucken bin ich schon benommen.

»Das ist ja ein starkes Zeug!«

»Zwei Gläser, und du schläfst wie ein Baby.«

Die Kinder springen um mich herum und nehmen mich an der Hand, um mir ihr Zimmer zu zeigen. Ein Stockbett für die beiden Jungen, ein Prinzessinnenbett für Lucia. Der Raum ist klein, aber perfekt aufgeräumt und es gibt genug Platz für alle. Ich erkenne den übertriebenen Ordnungssinn ihrer Mutter.

Ihre Tochter sieht genau aus wie sie, dieselben großen braunen Augen und der neugierige Blick. Ich habe das Gefühl, in der Zeit zurückzuspringen. Die Jungen sind eine echte Mischung. Sie haben die Augen ihres Vaters und den Mund ihrer Mutter. Alle drei sind hübsche Kinder.

Antonio, der sieht, dass ich die Kinder liebevoll betrachte, erzählt mir von der Schwangerschaft der Zwillinge.

»Du hättest sie sehen sollen, ihr Bauch war riesig, aber sie hat sich nicht davon aufhalten lassen und noch bis einen Tag vor der Geburt gearbeitet. Ich habe sie ermahnt, aber es hat nichts genützt. Deine Cousine ist ein unglaublicher Dickkopf.«

»Das weiß ich ...«

»Die Geburt war schrecklich, sie hat sehr gelitten und Alfonso hat nach der Geburt nicht gleich geschrien. In Ginas Augen war eine solche Angst, dass ich das nie wieder sehen möchte. Ich musste bald wieder arbeiten. Sie musste allein mit den dreien klarkommen ... Bis heute weiß ich nicht, wie sie das geschafft hat.«

»Deine Frau ist eine Kämpferin.«

»Ja, und auch eine Nervensäge, aber ich würde sie gegen nichts auf der Welt eintauschen.«

»Sollen wir heute mal für sie das Abendessen kochen?«

»Willst du, dass sie mich umbringt? Ich darf in der Küche nichts anrühren.«

»Ich sage ihr, dass es meine Idee war, versprochen. Ich bin nicht super begabt, aber zu zweit dürften wir es schaffen.«

Wir rufen die Kinder zu Hilfe. Die Jungen schälen die Kartoffeln, Antonio taut die Hähnchenschnitzel auf, die wir panieren wollen ... Ich bitte Lucia, mir zu zeigen, wo Tischtücher und Servietten sind, damit wir schön den Tisch decken können.

Gina kommt eine Stunde später, sie ist müde und froh, endlich zu Hause zu sein. Als sich unsere Blicke treffen, weiß sie, dass das Essen fertig ist, dass die Kinder ihren Schlafanzug anhaben und der Tisch gedeckt ist. An der Küchentür weint sie Freudentränen.

»Ich glaube, sie freut sich«, flüstert Antonio mir zu.

Er steht auf, nimmt ihre Handtasche, führt sie zum Tisch. Sie sieht uns alle ungläubig an.

»Habe ich Geburtstag und hatte es vergessen?«

»Nein, wir wollten dich nur überraschen, Mama«, sagt Lucia.

»Was für eine gute Idee, die könnt ihr ruhig öfter haben!«

»*Zia* Luna hatte die Idee«, sagt Alfonso.

»Da habt ihr aber eine nette Tante, und ich eine Cousine, die mich gernhat.«

Ja, ich habe sie gern. Und mir wird klar, wie sehr sie mir fehlt. Seit wann erzähle ich ihr nicht mehr alles, rufe sie nicht mehr an, wenn ich wegen einer Sache Zweifel habe oder mich vor etwas fürchte? Seit wann schreie ich nicht mehr gute Nachrichten ins Telefon und mache Freudensprünge, wenn ich welche von ihr höre? Seit wann teile ich nicht mehr alles mit der Schwester, die meine Eltern mir nicht geschenkt haben? Weil ich sie aufgegeben habe, verlor ich meine beste Freundin und auch etwas von mir selbst. Ja, so ist es.

Die Kinder sind im Bett. Antonio ist vor dem Fernseher eingeschlafen. Gina schlägt vor, dass wir ein wenig spazieren gehen wie in alten Zeiten. Es ist schon lange dunkel, doch es ist ein schöner Abend, eine Art Vorpremiere des Sommers. Es ist ruhiger als am Tag, aber in den Wohnungen geht das Leben weiter und durch die offenen Fenster erreichen uns Gesprächsfetzen, Lachen, Weinen von Kindern. Hier ist man weit weg von Postkartenklischees, kein Tourist traut sich in dieses Viertel, in dem es besonders zu späterer Stunde ein bisschen gruselig ist. Nur zwei Frauen, die in diesen Straßen groß geworden sind, können den Charme dieser großen, verfallenen Blöcke aus Stein wahrnehmen.

Wir erreichen unser früheres Haus, bleiben eine Weile davor stehen und rufen Erinnerungen wach.

»Erinnerst du dich noch an die Alte aus der ersten Etage, Luna? Wir haben sie ganz kirre gemacht, wie oft haben wir den Ball durch ihr Fenster geworfen!«

»Sie war verrückt. Weißt du noch, wie sie uns mit dem Besen verfolgt hat?«

»Zum Glück hinkte sie und wir haben sie abgehängt, sonst hätte sie uns umgebracht.«

»Ich muss gestehen, dass ich in ihre Blumentöpfe gepinkelt habe.«

»Was? Ha, ha, ha! Mann, wie widerlich!«

»Ich konnte sie nicht ausstehen, sie war einfach zu gemein. Ich glaube, meine besten Erinnerungen aus der Kindheit sind hier, vor unserem Umzug. Mein Vater hat sich getäuscht: Neapel war schön für mich, bevor wir Geld hatten. Danach ist alles anders geworden.«

26

Ich versuche, den Tag gut anzufangen. Ich singe: »*Sarà perché ti amo*«, nehme es auf und schicke es an meine Freundinnen. Ich mache das zu gerne, ihnen irgendein Lied als Ohrwurm für den ganzen Tag zu verpassen. Ich muss auch nicht lange auf ihre Antworten warten.

Alessandra: Du bist der Teufel in Person, Luna Esposito.
Fatima: Ich traue mich nicht, es anzuhören, was ist es? Nein, nein, sagt es mir nicht, ich will es nicht wissen ... Allein durch Lesen des Titels könnte das Lied sich in meinem Hirn festsetzen. Beim letzten Mal habe ich eine Woche lang Raffaella Carrà gesungen, nur deinetwegen. Ich habe mich fast in die Psychiatrie begeben.
Francesca: Mist, zu spät. Ich habe schon auf »*play*« gedrückt. Du bist echt hart so früh am Morgen.
Luna: Titel. Ich liebe euch.

Schluss mit lustig, heute Morgen erwartet mich eine wichtige und gefährliche Aufgabe. Ich muss mit Filomena zum Tierarzt fahren. Ich suche in der Wohnung nach einer Kiste, um das Tier während des Transports einzusperren. Sie sieht mich von ihrem Liegestuhl mit Meerblick schief an. Eine wahre Diva, die ein Sonnenbad nimmt. Ich finde nichts und beschließe, in ihrer zweiten Wohnung weiterzusuchen.

»Guten Tag, meine Schöne«, begrüßt Filomena mich.

»Guten Tag, sagen Sie, ich muss die Katze zum Impfen bringen, haben Sie vielleicht etwas, um sie zu transportieren, damit sie mir während der Fahrt nicht die Augen auskratzt? Eine Kiste? Einen Käfig? Oder vielleicht ein starkes Schlafmittel?«

»Oh nein, so etwas habe ich nicht. Ciro geht mit ihr immer an der Leine spazieren, denn sie hasst es, eingesperrt zu werden.«

»Gibt es etwas, was dieses Tier nicht hasst?«

»Du wirst sehen, sie ist kooperativ und glücklich, wenn sie raus darf. Ich rate dir, den Wagen deines Vaters mit den beheizbaren Sitzen zu nehmen, den mag sie am liebsten.«

»Das ist hoffentlich ein Scherz.«

»Ich wäre gern mitgekommen, aber heute kommt meine Friseurin, sie ist sicher gleich da.«

Ich gehe und nehme ein kitschiges Halsband mit Strass und eine rosa Leine aus Leder mit, auf der »Regina Filomena« steht. Wenn ich das den Freundinnen erzähle, werden sie es niemals glauben.

Ich bewege die Leine, wie ich es bei einem Hund machen würde, und nehme an, dass sie versteht, dass wir jetzt ausgehen. Doch sie regt sich nicht. Also nähere ich mich ihr vorsichtig und versuche, ihr das Halsband anzuziehen. Man soll die Hoffnung nicht aufgeben. Auch das geht schief. Dann beginnt eine Verfolgungsjagd durch die Wohnung. Wegen ihres Übergewichts ist Filomena nicht sehr schnell, manchmal stößt sie sich sogar den Kopf, weil sie springt, um mir zu entkommen. Zwanzig Minuten und dreißig Schläge mit der Pfote später sitzen wir im Auto.

Eine Weile überlege ich, sie im Kofferraum einzusperren,

aber ich hätte zu große Angst beim Öffnen, also fabriziere ich einen Halt mit Leine und Gurt des Beifahrersitzes, damit sie mir nicht beim Fahren ins Gesicht springt und ich sie überwachen kann. Ich traue ihr nicht, diese Katze ist der Teufel in Person.

Ich habe für Madame sogar die Sitzheizung angestellt, obwohl draußen 26 Grad herrschen – wenn wir beim Tierarzt angekommen sind, ist sie sicher k. o. –, zumindest hoffe ich, dass es sie vielleicht beruhigt oder müde macht. Auf der Fahrt werfe ich ab und zu einen Blick auf sie und versuche, sie so weit wie möglich zu ignorieren, damit sie sich nicht noch mehr aufregt. Dennoch versucht sie zwei-, dreimal, auf mich loszugehen.

Die andere Filomena hat mir Gartenhandschuhe geliehen, um mich vor Kratzern zu schützen. Ich betrete die Praxis – einer Ampel ähnlich– in einem roten Sommerkleid, mit grünen Handschuhen und einer Katze, die sich wehrt. Ich bin lebensmüde.

Die Sekretärin fordert mich auf zu warten und erklärt mir zugleich, dass uns heute eine Vertreterin behandelt, da Filomenas Tierärztin nicht da ist. Ich binde die Furie an einem Stuhl fest und setze mich ans andere Ende des Raumes, der Gott sei Dank leer ist. Endlich sind wir dran. Die Tierärztin empfängt uns mit einem Lächeln. Ich warne sie vor dem vergifteten Geschenk, das ich mitgebracht habe, damit ihr Gesicht verschont bleibt.

»Es ist die Katze meines Vaters, sie ist alles andere als freundlich. Besser, Sie wissen das, bevor Sie ihr näher kommen.«

»Ach, deswegen tragen Sie die Handschuhe.«

»Genau.«

»Keine Sorge, wir sind daran gewöhnt.«

Sie ruft Alberto, ihren Assistenten, und beide ziehen Handschuhe an, die bis zum Ellbogen reichen. Dann sagen sie selbstsicher:

»Lassen Sie die Wildkatze los!«

Ich öffne die Leine und halte mich so fern von Filomena, wie es nur geht. In diesem Moment wirft sie mir einen herausfordernden Blick zu, geht mit wackelndem Hintern los und reibt sich fröhlich an den Beinen der Veterinärin.

Jetzt ist es nicht mehr zu übersehen. Sie verarscht mich.

Den ganzen Besuch über schnurrt sie, rollt sich auf den Rücken. Vielleicht bedankt sie sich noch, dass sie sie piksen – ich glaube, ich träume. Sie fallen auf sie rein und sagen:

»Du bist ja ein reizendes Tier! Was sagt deine große Schwester? Sehen Sie nur, wie nett sie ist.«

Noch zwei Minuten, und ich bin diejenige, die ihnen ins Gesicht springt.

Am Ende des Besuchs sagt die Tierärztin, Filomena habe Übergewicht, das sei gefährlich und sie brauche unbedingt eine Diät.

»Es ist ganz einfach. Sie wiegt acht Kilo und müsste weniger als die Hälfte wiegen.«

Mir bleibt die Luft weg. Ich weiß nicht, wie sie das erreichen will, außer sie kann zaubern. Sie reicht mir ein Paket Diät-Kroketten und erklärt, sechzig Gramm pro Tag seien genug.

»Wenn sie sich beschwert und Sie zu sehr nervt, können Sie ihr auch Bohnen geben.«

Wir werden sehen.

27

Alessandra: Großer Durchhänger, Mädels ... Gestern Abend x-te Diskussion mit Enzo, der immer noch nicht kapiert, dass ich nicht mehr alles schaffe. Es gibt Tage, das schwöre ich euch, an denen ich alles in die Luft jagen und abhauen will, um eine Weltreise zu machen.

Wir in der Gruppe mögen Enzo nicht besonders. Wir geben uns zwar Mühe, aber er macht uns die Sache nicht leicht. Scheinbar ist er nicht in der Lage zu kochen. Er kümmert sich auch nicht um die Kinder und sagt: »Sie wollen lieber, dass ihre Mutter das macht«, von der schweren Hausarbeit gar nicht zu reden. Wenn er mal bereit ist, ein Glas abzuräumen, sagte er, dass er seiner Frau, nämlich Alessandra, »hilft« – was für ein Prinz! Ale arbeitet schon zehn Stunden am Tag als Ingenieurin, kümmert sich um die kleinen Kinder, die Wohnung, die sie umbauen, bewältigt den ganzen Alltag und geht trotzdem mit ihren Freundinnen einmal pro Woche essen. Manchmal steht sie kurz davor, im Restaurant einzuschlafen, aber sie kommt immer mit.

Solange Ale damit klarkam, fanden wir es auch okay. Aber seit ein paar Monaten nimmt sie sichtlich ab, verliert ihre Haare, bricht beim kleinsten Problem in Tränen aus, es geht mit ihr den Bach runter. Unsere Freundin hat ein Burn-out: eine brillante, starke Frau, die langsam, aber sicher am Egoismus eines Mannes zugrunde geht, der sie sicher nicht verdient hat.

Wir stehen im Moment alle kurz davor, ihn bei lebendigem Leib zu verbrennen.

Fatima: Ich verstehe nicht, warum du ihn noch nicht rausgeworfen hast, auch nicht, wie du dich noch hältst, Ale ... Irgendwann brichst du zusammen.

Luna: Meine Süße, ich wollte es dir oft sagen, aber ich habe mich zurückgehalten, weil ich dich gernhabe und weiß, dass es dir wehtut, aber weißt du, was dir guttun würde, Ale? Deinem Kerl die Zähne einzuschlagen. (Mir würde es in jedem Fall guttun, darf ich loslegen?)

Alessandra: Ich halte es wegen der Kinder aus.

Luna: Aber die Kinder brauchen eine Mutter, der es gut geht, die glücklich ist und ausgeglichen. Das bist du nicht mehr, und das müssen sie merken, trotz aller Anstrengungen, die du unternimmst, um es zu verbergen. Sie haben Gott sei Dank die Intelligenz und das Einfühlungsvermögen ihrer Mutter.

Francesca: In meinen Augen ist das Maß voll, Ale. Weißt du was? Pack deinen Koffer, ich hole dich morgen Abend ab. Wir fahren übers Wochenende weg, du auch, Fatima.

Fatima: Was? Okay.

Alessandra: Was? Nein, ich weiß nicht, das muss ich erst mal regeln ... die Kinder ... Das ist zu kurzfristig.

Francesca: Ale, hör gut zu, du hast die Kinder nicht allein gemacht, oder? Dein Mann ist kerngesund – jedenfalls körperlich, seelisch, da habe ich meine Zweifel –, du überlässt die Kinder einmal ihm, soll er mit ihnen klarkommen! Er ist auch nicht dümmer als andere. Obwohl ...

Luna: Ja, Francesca hat recht, du musst unbedingt mal rauskommen. Es wird dir guttun, dich mal bemuttern zu lassen. Ich wäre zu gern dabei.

Francesca: Das bist du, wir kommen nämlich zu dir, jedenfalls, wenn du uns bei dir haben willst.

In weniger als achtundvierzig Stunden treffen sie hier ein – ich bin zugleich aufgeregt und ängstlich. Sie werden meine Stadt und die Neapolitaner kennenlernen. Langweilig wird das sicher nicht ... Ich möchte ihnen auch Gina vorstellen, damit sie erkennen, dass ich ein sehr negatives Porträt von ihr gezeichnet habe. Außerdem hat Filomena, die menschliche natürlich, dann auch ein bisschen Gesellschaft. Und vielleicht hilft es auch, mir über alles etwas klarer zu werden.

Ich verstehe immer alles besser, wenn sie da sind. Das ist Freundschaft, glaube ich.

28

Zu meiner Überraschung begegne ich am Bett meines Vaters zwei Männern, die ich nicht kenne.

Der erste ist klein und gedrungen und scheint aus einem Comic-Album zu stammen. Die reinste Karikatur. Seine Nase sieht aus wie eine Kartoffel und seine Augenbrauen wie die von Gargamel. Er hat kleine Hände mit sehr dicken Fingern und am Ringfinger einen viel zu eng sitzenden Siegelring. Der andere ist viel größer, scheint aber nicht so selbstsicher zu sein. Sein Anzug mit Krawatte ist ihm viel zu groß und seine Haare sind extrem fettig, vielleicht hat er sie aber mit Gel behandelt, damit sie feucht wirken. Die beiden sind ein merkwürdiges Paar. Mein Geist schweift ab, ich denke, es wäre interessant, sie zu zeichnen. Sie begrüßen mich etwas verlegen, drücken mir die Hand – die des Großen ist feucht – und präsentieren sich als Freunde meines Vaters. Nach ein paar Minuten peinlichen Schweigens beenden sie ihren Besuch.

»Gute Besserung, Cirù! Wir zählen auf dich, du musst hier schnell wieder rauskommen.«

Der Kleine gibt ihm einen Kuss auf die Wange. Der Große klopft ihm auf die Schulter. Als sie an mir vorbeikommen, deuten sie eine Verbeugung an, dann verschwinden sie.

Die Stimmung ist etwas seltsam. Anna sitzt neben ihrem Mann und ist ungewöhnlich ruhig, mein Vater ist verlegen.

»Bist du heute ein bisschen aufgestanden?«, frage ich, um das Eis zu brechen.

»Ja, ja … ein wenig gegangen, Flur.«

»Sollen wir nochmal einen kleinen Spaziergang machen?«

»Nein, müde.«

Ich lasse ihn also ausruhen, wir machen dann ein paar Kreuzworträtsel, aber ich merke, dass er mit seinen Gedanken woanders ist. Ich versuche, mit der Nachbarin ins Gespräch zu kommen, damit die Zeit schneller vergeht, aber heute ist sie nicht in der richtigen Stimmung. Der Nachmittag wird lang werden …

Als die Schwester hereinkommt, um den Patienten Blut abzunehmen, nutze ich den Moment, um hinauszugehen und meine Mutter anzurufen.

»Meine Liebe, wie schön, deine Stimme zu hören!«

»Geht es dir gut, Mama? Und in der Galerie?«

»Es ist eher ruhig, aber es geht gut. Ich habe neulich mit Francesca Mittag gegessen. Ich hatte sie wegen meiner Migräne besucht, danach sind wir essen gegangen.«

»Ach ja? Davon hat sie mir gar nichts erzählt.«

»Arztgeheimnis.«

»Ja, nein, ich meine, vom Mittagessen hat sie nichts erzählt … Geht es dir denn jetzt besser?«

»Ja, sie sagt, es sei nichts Beunruhigendes. Sie hat mir ein neues Medikament verschrieben und das hilft.«

»Da bin ich erleichtert.«

»Deine Freundin ist wirklich ein Goldstück, sie mag dich sehr.«

»Das beruht auf Gegenseitigkeit. Ich muss jetzt tschüs sagen, Mama, ich gehe zu meinem Vater zurück.«

»Alles Gute, mein Schatz! Und ruf an, wenn du etwas brauchst.«

Das habe ich immer gemacht, sie angerufen, wenn ich etwas brauchte. Ich bin dreiunddreißig und komme immer noch nicht ohne sie klar. Meine Mutter hat immer für alles eine Lösung, sie kann alles, als hätte sie tausend Leben gelebt. Sie hat mein kleines Wohnzimmer in Mailand tapeziert, sie kommt, wenn ich mehr als 37,5 Grad Temperatur habe. Sie hat immer alles, was mir fehlt. Kontaktkleber, einen Universalschlüssel, ein überzähliges Paket Nudeln, Hustensaft, Öl für mein Auto. Ich rufe sie an, und sie sagt; »Ja, das hab ich. Ich bringe es dir!« Eine Viertelstunde später steht sie vor meiner Tür. Sie ist meine Mama Poppins. Letzten Winter hat sie behauptet, sie müsse ihren Hund ausführen, und kam, um meine Windschutzscheibe zu enteisen, bevor ich losfuhr. Ich habe den Eindruck, seit meiner Geburt jeden Tag einen Beweis ihrer Zuneigung zu erhalten. Sie ist die Fee, die sich über meine Wiege gebeugt hat. Ich versuche, ihr all diese Liebe zurückzugeben, aber es wird mir nie genügen, das ist sicher.

Ich bin aber nicht ihr einziger Lebensinhalt und bin froh, dass sie wieder geheiratet hat. Meine Mutter war in meinen Vater unsterblich verliebt; ihn zu verlassen war, glaube ich, eine der schwersten Entscheidungen ihres Lebens. Aber sie hat es getan, weil er nicht mehr der Mann war, den sie geheiratet hatte. Er war ein Fremder geworden, auf Geld und Anerkennung aus. Als sie dies begriffen hatte, war es für sie, als müsse sie ihn beerdigen und um das trauern, was er früher gewesen war. Dieser Kummer hat Monate gedauert. Eines Tages ist sie wieder auf die Beine gekommen. Sie hat unsere Sachen gepackt und mich in den Zug gesteckt. Dann sind wir weggefahren. Sie hatte alles organisiert. Eine ihrer Tanten, die in der Nähe von Mailand wohnte, hat uns aufgenommen, bis meine Mutter Arbeit fand. Es ging sehr schnell. Eine Pasta-Fabrik hat sie nach nur drei Wochen Suche eingestellt, und sie hat dort über zehn Jahre gearbeitet. Wir hatten eine kleine Wohnung, aus der ich später in eine Studentenwohnung gezogen bin. Wir schliefen beide auf einer Bettcouch, die sie mit ihrem ersten Lohn gekauft hatte. Wir waren noch ärmer als vor unserem Umzug in den Palazzo Donn'Anna. Sie hatte ihren Mann verloren und ich meinen Vater, aber unseren Stolz haben wir uns bewahrt.

Als ich ins Zimmer zurückkomme, ist mein Vater eingeschlafen. Ich gehe leise zu *signora* Anna und frage, ob alles okay ist.

»Ich habe nur wenige Gewissheiten in meinem Leben, meine Liebe, aber eins weiß ich bestimmt: Die Männer, die hier waren, sind keine Freunde. *O'nemico e l'amico tuoio adda essere nemico pure tuoio.*«

»Der Feind deines Freundes muss auch dein Feind sein.«

Zwischen meinen Eltern ist die Liebe erloschen.

Sie wohnen zusammen, tun (ganz schlecht) so, als ob nichts wäre, wenn ich da bin, gehen sich aus dem Weg. Wenn mein Vater von der Arbeit kommt, schläft er auf dem Sofa, meine Mutter lächelt, wenn er nicht in ihrer Nähe ist.

Letzte Woche hat er ihr für ihren Geburtstag Blumen mitgebracht. Tagelang blieben sie auf dem Tisch liegen. Sie hat sie nicht mal ins Wasser gestellt. Wir haben zugesehen, wie sie verwelkten, bis mein Vater sich endlich entschloss, sie wegzuwerfen.

Ich habe lange Zeit gedacht, er habe eine andere, das hätte manches erklärt. Warum meine Mutter ihn von sich wies, aber heute glaube ich, dass es etwas Schlimmeres ist. Wenn ich darüber reden will, wird Mama böse.

»Das sind Sachen für Erwachsene, Luna. Mach dir deshalb keine Sorgen.«

Leicht gesagt! Die beiden Menschen, die ich am meisten auf der Welt liebe, zerreißen sich gegenseitig, ich stehe hilflos vor dem Ende einer Liebe, von der ich dachte, sie dauert ewig. Es gab sie wirklich zwischen ihnen, ich bin ja dafür der lebende Beweis. Und ich habe sie mit eigenen Augen wahrgenommen. Warum lassen sie sie sterben?

29

Als ich in die Wohnung komme, entdecke ich auf meinem Kopfkissen einen Stapel Briefe. Ich erkenne die Schrift sofort. Es ist meine eigene.

Nach meinem Umzug nach Mailand und bevor soziale Netzwerke und SMS unsere Kommunikationsweise verändert haben, schrieb ich meiner Cousine Briefe. Ihre habe ich auch aufgehoben, obwohl es nicht viele sind – Gina war weniger eifrig als ich, sie mochte Schreiben nicht besonders.

Sie hat einen Zettel beigefügt.

Ich vertraue sie dir für einige Zeit an, weil du auf mich etwas verloren wirkst. Ich bin sicher, du findest dort Antworten auf deine Fragen von heute, die ihren Ursprung in der Vergangenheit haben. In den Ofen habe ich dir eine Lasagne gestellt und Filomena daran erinnert, auf deine Schuhe zu pissen. Ich hab dich sehr gern, Luna *chiara.*

Ich fürchte mich ein wenig vor der Reise in die Vergangenheit. Das alles scheint mir so weit weg zu sein. Meine Hände zittern und ich habe Bauchkrämpfe. Mir wird bewusst, dass ich vor nichts so viel Angst habe wie vor der Konfrontation mit mir selbst.

Ich öffne den ersten Brief. Sogleich befinde ich mich in dem düsteren Zimmer, in dem uns die Tante meiner Mutter untergebracht hatte. Wir sind gerade in Mailand angekommen, und ich erzähle, dass ich Lust habe, diese neue Stadt zu entdecken, aber auch, dass ich Neapel vermisse.

Hier ist es sehr grau. Als ob sie vergessen hätten, dass es Farben gibt, und das Leben ist ganz komisch, ohne den Geruch des Meeres, aber ich glaube, ich gewöhne mich daran.

Beigelegt habe ich eine Zeichnung vom Fenster meiner neuen Klasse aus. Ich habe noch Bäume, einen See, überall Blumen und lächelnde Menschen hinzugefügt, denn eins hatte mich wirklich verblüfft: dass ich nicht mehr die Zähne der Leute sehe, denen ich begegne. In Neapel lächelt man, das ist eine Art Reflex. Unter das Bild habe ich geschrieben, dass dies nicht die Wirklichkeit ist, sondern das, was ich mir wünsche: ein verbessertes Mailand.

Ich verbringe den Abend mit Lesen. Ich durchsuche jeden Brief und damit meine Erinnerungen. Ich stelle fest, dass ich mich im Lauf der Zeit von meiner Heimatstadt entfernt habe. In den ersten Briefen zähle ich noch alles auf, was mir fehlt: das Essen, die Freundlichkeit der Neapolitaner, ihr großes Herz, der Vesuv und der Strand, die *pizza fritta*, die nur wenige Cent kostet, die Schönheit der Straßen, Gina. Später drehe ich den Spieß um.

Hier gibt es Arbeit für alle und die Menschen sind keine Nichtstuer. Und sie sind überall hingereist!

Hier gibt es übrigens auch gute Pizza! Man muss nur die richtige Adresse kennen.

Der Abstand zwischen den Briefen wurde größer. Ich fing an, Neapel zu hassen. Um nicht mehr darunter zu leiden, dass ich weg war, musste ich alles, was mir dort lieb und wert war, vergessen, dazu gehörte auch meine Cousine.

Nach und nach verschwanden die Farben aus meinen Erinnerungen. Heute wird mir bewusst, wie schmerzhaft das für Gina gewesen sein muss. Sie hatte schon ihre Mutter verloren, und ich habe ihr die Schwester, die beste Freundin und einen Teil ihrer Kindheit genommen. So erstaunlich es scheinen mag, sie ist mir deshalb nicht böse.

Zwischen den Briefen finde ich ein Foto von uns beiden am Strand. Auf der Rückseite steht in *zia* Enricas Handschrift: *Sommer 1990 – Gina und Luna am Meer, Margellina.*

Margellina ist ein Teil der Stadt, der an der Küste liegt, ein pittoreskes Arbeiterviertel. In diesem Sommer sind wir sechs Jahre alt. Wir sitzen im Sand und grinsen mit schokoladeneisverschmiertem Mund in die Kamera. Meine Cousine drückt mich fest an sich, als wolle sie mich nicht entkommen lassen.

Heute Abend sitze ich vor der Staffelei, und so wie ich damals ein ideales Bild von Mailand gemalt hatte, mache ich es jetzt auch. Ich male denselben Strand, dasselbe Eis, dasselbe Lächeln. Aber wir sind keine Kinder mehr, wir sind erwachsen und wieder vereint.

30

Sieben Uhr: Ich gebe Filomena eine aufs Gramm genau abge-
messene Portion Kroketten.

Sieben Uhr zwei: die Schüssel ist so sauber wie der Boden
der Wohnung, wenn Gina da war. Das war vor einer Stunde.
Seither folgt sie mir überallhin und miaut. Ich verstehe keine
Katzensprache, aber ich glaube, ich kann mit einiger Sicherheit
sagen, dass es bedeutet: »Ich hab Kohldampf, her mit dem Essen!« Da ich sie einfach ignoriere (diese Diät ist ein bisschen
meine Rache für alle Gemeinheiten, die sie mir seit meiner Ankunft zugefügt hat), hat sie sich schließlich auf dem Balkon in
ihren Korb gelegt, um fünf Minuten später von der Nachbarin
nach oben transportiert zu werden.

Da ich Zweifel hege und außerdem gern meinen Morgenkaf-
fee mit der menschlichen Filomena teile, gehe ich nach oben,
um festzustellen, ob sie sich an die Anweisungen der Tierärztin hält. Sie scheint sich zu freuen, mich zu sehen, die Katze weniger.

»Was geben Sie ihr denn zu essen?«, frage ich, als ich den
Kopf des Tieres in der Schüssel sehe.

»Ich habe verstanden, was du mir gesagt hast, aber sie mag
grüne Bohnen einfach nicht. Wenn ich ihr welche hinstelle,
sieht sie aus, als müsste sie kotzen. Deshalb habe ich ihr *parmigiana di melanzane* gemacht.«

»Wie bitte?«

»Das ist auch Gemüse.«

»Aber gebraten. Und in der Sauce sind Öl und Mozzarella. Das ist doch keine leichte Kost!«

»Meinst du?«

Ich gebe auf. Es ist schließlich nicht mein Problem. Ich werde mir nicht wegen einer zu dicken Katze den Kopf zerbrechen. Was soll ich noch tun? Ihr einen Coach suchen?

Filomena kommt mir heute recht traurig vor, sie scheint nicht gut in Form zu sein. Ich versuche, sie ein wenig zum Lachen zu bringen, damit sie auf andere Gedanken kommt, und schließlich sagt sie mir, dass sie unter ihrer Einsamkeit zunehmend leidet. Sie erzählt, sie habe ihre Friseurin gestern alles Mögliche ausprobieren lassen, nur damit sie länger Gesellschaft hatte. Ich hatte mir schon gedacht, dass sie bei den Strähnchen ein bisschen übertrieben hat ...

»Es ist sicher sehr egoistisch von mir, aber ich hoffe, dein Vater kommt bald zurück, weil er der Einzige ist, der sich um mich kümmert. Er besucht mich jeden Tag! Wir reden oft nur vom Wetter, von Filomena, unserem Schätzchen. Er bringt die Sonne herein. Ich habe hier keine Freunde. Ich habe sie alle in Deutschland gelassen. Der Ruf der Wurzeln war stärker, aber Neapel kann mich nicht von meiner Einsamkeit befreien, so schön es auch ist. Ich drehe mich im Kreis, ich langweile mich, aber wenn man in einem alten Körper eingesperrt ist, ist man Gefangener seiner Launen und Schmerzen.«

»Sie werden sich freuen, ich erwarte dieses Wochenende Besuch. Meine Freundinnen aus Mailand wollen zwei Tage hier verbringen. Ich möchte Ihnen vorschlagen, dazuzukommen. Hätten Sie Lust?«

Plötzlich sehe ich, wie ihre Augen, die bisher so trüb waren, aufleuchten und wieder ganz lebendig sind. Sie lächelt mir freudig zu, zum ersten Mal an diesem Morgen.

»Ich bin froh, dass ich dich kennengelernt habe, du bist ein guter Mensch und trägst deinen Vornamen zu Recht. Wie beim Mond könnte man meinen, dass auch du eine dunkle Seite hast, aber andere Menschen haben auf dich den gleichen Effekt wie die Sonne auf den Mond. Wenn sie dich in der richtigen Weise anstrahlen, sieht man dich ganz. Das ist ein sehr schöner Anblick.«

Ich nehme sie in den Arm, und ohne zu wissen warum, fange ich an zu weinen. Alle Staudämme brechen, ich habe nichts mehr unter Kontrolle. Ich lehne mich an sie, und sie streichelt mir das Haar. Ich beneide Filomena, dass sie so eine Großmutter hat, wo ich meine doch kaum gekannt habe. Ich denke, es muss schön sein, eine solche Frau in seinem Leben zu haben.

Als ich mich endlich beruhigt habe, meine ich, es sei Zeit, mich von einer Last zu befreien und mit jemandem über meine Liebesgeschichte zu sprechen. Filomena hört mir aufmerksam zu und stellt mir keine Fragen. Sie sieht mich wohlwollend an, nimmt meine Hand und legt sie in die ihre.

Meine Gefühle in Worten zu fassen, hat etwas Befreiendes. Ich fühle mich, als käme ich aus einer Nebelwand heraus.

»À 'o core nun se cummanna.«

»Man kann seinem Herzen nichts befehlen.«

31

Ich habe ein Band um das Bild gebunden, das ich für sie gemalt habe, und es auf den Kamin im Wohnzimmer gelegt. Ich lasse mich auf dem Sofa nieder, genau gegenüber, unter eine Decke gekuschelt, um die Ruhe, meinen Kaffee und das Licht zu genießen, das nach und nach hereindringt und mein Bild erleuchtet. Als Gina es entdeckt, ist sie sprachlos. Ich habe mit allen Reaktionen gerechnet, nur nicht mit Schweigen, was nicht gerade ihre Haupteigenschaft ist.

»Gefällt es dir nicht? Wenn das so ist, ist das kein Pr...«

»Es ist wunderbar, Luna. Vielen Dank!«

»Es freut mich, dass es dir gefällt. Ich wollte damit um Verzeihung bitten.«

»Wofür?«

»Dass ich in deinem Leben nicht präsent genug war, dass ich dich beiseitegeschoben habe. Es tut mir sehr leid, Gina. Ich hatte genug von meinem Vater, genug von dieser Stadt, aber ganz sicher nicht von dir, Gina. Ich weiß, dass wir die verlorene Zeit nicht wieder einfangen können, aber vielleicht können wir da weitermachen, wo wir aufgehört haben?«

Ihr Ja ist viel zu höflich, um ehrlich zu sein. Sie scheint nicht wirklich daran zu glauben. Da erzähle ich ihr, dass meine Freundinnen kommen, und schlage ihr vor, dieses Wochenende Zeit mit uns zu verbringen. Ich frage sie, ob sie nicht zum Abendessen kommen möchte.

»Eine Putzfrau mit Architektinnen, Ingenieurinnen und Ärztinnen? Ha, ha ha. Was soll das werden? Ein Dinner für Spinner?«

Ich weiß nicht, ob sie mit dieser Bemerkung sich selbst oder mehr mir wehtun will. Ich glaube, sie hat uns beide getroffen.

Gina fängt mit Saubermachen an und singt ein Lied von Gigi d'Alessio, aber lauter als sonst. Ich lasse sie lieber allein und gehe ein bisschen hinunter zum Strand.

Der Himmel ist bedeckt, aber es ist angenehm warm. Ich genieße die Beinahe-Stille dieses Morgens. Posillipo ist eines der angesehensten und elegantesten Viertel von Neapel. Hier stand auch der *pino di Napoli*, der berühmteste Baum der Welt. Diese Parasolkiefer, die von den größten Künstlern gemalt und fotografiert wurde, ist die Nummer eins auf Postkarten. Im Jahr meiner Geburt wurde der Baum gefällt, weil er krank war. Man hat ihn durch einen anderen ersetzt, der aber immer nur ein müder Abklatsch bleiben wird. Von der Kirche Sant'Antonio aus, neben der er stand, hat man einen freien Blick über die ganze Bucht von Neapel und natürlich den Vesuv.

Das Leben hier ist ruhiger, geordneter als im Zentrum, auch angenehmer. Es ist ein reiches Viertel, durch seine Geschichte, die besonderen Orte und auch seine Einwohner. Nicht jeder kann sich erlauben, »*ngopp a* Posillipo«, auf dem Posillipo zu leben, wie man auf Neapolitanisch sagt. Es liegt auf einem Hügel, was für mich eine symbolische Bedeutung hat, denn ich hatte immer den Eindruck, dass man hier auf Neapel und die Neapolitaner herabsieht. Das Zentrum zu verlassen und in dieses Viertel zu ziehen ist ein bisschen wie eine Beförderung.

Ich erinnere mich an meine Freunde, die mich damals beneideten, dass ich nach Posillipo zog, als würde ich dann auf einem anderen Planeten leben. Sie hatten nicht ganz unrecht. Als ich hierherkam, habe ich keinen anderen Planeten, sondern eine andere Welt kennengelernt. Eine Welt, in der ich mich nie heimisch gefühlt habe.

Meine Freundinnen wollten nicht in der Wohnung meines Vaters übernachten und haben sich in der Nähe ein Appartement gemietet. Vielleicht haben sie gespürt, dass ich mich hier nicht ganz zu Hause fühle. Sie haben mich aber gebeten, den Palazzo Donn'Anna besichtigen zu dürfen.

Ich wollte ein nettes Programm für sie zusammenstellen, um ihnen zwischen zwei Krankenhausbesuchen möglichst viel zu zeigen, aber Denkmäler und Museen sind ihnen ehrlich gesagt ziemlich egal. Fatima hat eine Liste mit Speisen gemacht, die sie innerhalb der achtundvierzig Stunden gern essen möchte. Alessandra braucht eher etwas zu trinken. Wir werden also versuchen, Kultur und Ernährung miteinander in Einklang zu bringen. Wenn es eine Stadt gibt, in der man Körper und Geist gleichermaßen versorgen kann, dann ist es Neapel.

Inzwischen hat die Sonne die Wolken vertrieben. Ich muss wohl eine gute Stunde hier gesessen haben. Ich werfe einen Blick hinauf zur Wohnung und sehe, wie Filomena in ihrem Korb eine Etage nach unten fährt. Sie hat wohl ihr zweites Frühstück beendet. Ich frage mich, wie die alte Frau es noch schafft, mit ihren zarten Armen das Seil zu halten, wo die Katze doch so schwer ist. Eines Tages wird sie im Wasser landen, das ist gewiss.

Als ich wieder in die Wohnung meines Vaters komme, sehe ich, wie Gina ihr Bild betrachtet.

»Ich mag es sehr«, sagt sie, »wie hast du es genannt?«

»Ich habe noch keinen Titel gefunden, willst du ihn dir vielleicht selbst aussuchen?«

»*Pizza fritta*?«

»Willst du es wirklich so nennen? Ich sehe nicht so ganz den Zusammenhang...«

»Du bist doch blöd ... Ich habe Lust auf eine *pizza fritta*, du vielleicht auch?«

»Und wie!«

32

»Diesmal nehmen wir aber meinen Wagen. Ich will dich nicht beleidigen, aber deine Fahrweise passt wirklich gar nicht zu dieser Stadt!«

Ich wage nicht, ihr zu antworten, vielmehr nehme ich ihre Bemerkung als Kompliment.

Sie hat einen alten weißen Peugeot 205 und damit schon so viele Kilometer zurückgelegt, dass ich die Zahlen in der Reihe kaum noch überblicke. Ich bin überrascht, was für ein Durcheinander im Wageninnern herrscht, wo sie doch so auf Ordnung hält. Ihr Auto ist der reinste Schweinestall.

»Ja, ich weiß«, sagt sie, weil sie meine Gedanken gelesen hat, »es ist ekelhaft. Aber bei drei Kindern muss man auf manche Dinge verzichten, und das ist bei mir die Sauberkeit meiner Karre. Der Vorteil ist: Sollte ich sie eines Tages im Auto vergessen, haben sie etwas, um eine Weile zu überleben.«

Ich muss lachen, aber sie hat recht, hier drinnen findet man alles: Schuhe, Spielsachen, angebissenes Obst, eine kleine rosa Tasche mit Pailletten, Bälle, ein Kartenspiel. Außerdem sind da Socken, eine Mütze, ein Schnorchel und ein Päckchen Cracker.

Nach einer halben Stunde Parkplatzsuche fahren wir ins Parkhaus.

»Schließ deine Tasche gut, halt sie auf der Brust fest und lass, wenn wir uns irgendwo hinsetzen, nicht dein Telefon auf dem Tisch liegen.«

»Das Klischee vom diebischen Neapolitaner?«

»Nein, nur gesunder Menschenverstand. Ich würde das in jeder anderen Großstadt genauso machen. Würdest du mit offener Tasche durch Paris spazieren?«

»Nein.«

»Und durch Mailand?«

»Letztes Jahr haben sie mir mein Portemonnaie geklaut.«

»Nicht der Ort ist das Problem, sondern die Leute. Arschlöcher sind international.«

Wir gehen durch die Gassen der Altstadt und kommen an einem Reiseführer vorbei, der einer kleinen Gruppe Touristen erklärt, man könne sich in Neapel sehr leicht verlaufen, da es »die größte Altstadt Italiens, eine der größten Europas« habe. Obwohl ich viele Jahre hier gelebt habe, bin ich mir nicht sicher, ob ich alle Ecken kenne. In der *Galleria Umberto I* sehen wir uns Schaufenster an, dann flanieren wir durch die *Via San Gregorio Armeno*, eine meiner Lieblingsstraßen in Neapel. Dutzende Kunsthandwerker stellen hier Krippen und Figuren her und verkaufen sie in Boutiquen. Stundenlang könnte ich zusehen, wie sie sie formen, anmalen und die Figuren zum Leben erwecken. Die Straße ist voller Menschen, auch an diesem Frühlingstag, aber es ist nicht zu vergleichen mit der Vorweihnachtszeit. Da kann man hier kaum durchkommen. Weihnachten ist in Neapel das größte Fest des Jahres und die Neapolitaner machen auch hierbei keine halben Sachen.

»Sag mal ehrlich, ist Mailand auch so schön?«

»Es ist anders.«

»Du hast nicht auf meine Frage geantwortet.«

»Vielleicht weil es mir schwerfällt, mir die Antwort einzugestehen.«

Sie lächelt mir zu und freut sich, das ist ein Punkt für sie.

Ein Geruch, den man unter Tausenden wiedererkennt, führt uns zum *Pizza-fritta*-Verkäufer. Man isst sie wie ein Sandwich. Es ist Fünf-Sterne-Streetfood. Unweit von uns gibt ein anderer Fremdenführer Erklärungen ab:

»Die *pizza fritta* wurde nach dem Krieg erfunden, als die traditionelle Pizza ein Luxus geworden war und Öl weniger kostete als das Holz für den Ofen. Die Neapolitaner wollten sich eins ihrer Lieblingsessen nicht nehmen lassen und haben mit ihrem Erfindungsreichtum eine Billigversion entwickelt.«

Ich muss die Genialität dieses Volkes anerkennen, auch wenn ich persönlich die klassische Pizza lieber esse. Ich bestelle meine Nummer eins: Endivien und Sardellen, Gina nimmt eine mit Ricotta, Salami, Mozzarella und Tomatensauce. Eine echte Bombe. Wir bekommen sie noch ganz heiß in einem braunen Papier, das das triefende Öl aufsaugen soll, aber hinterher kann man sich die Hände zehnmal waschen, sie sind immer noch fettig. Es ist ebenso heiß wie gut, man verbrennt sich den Gaumen und sagt mit vollem Mund »*Mamma mia!*«, weil man nur so beschreiben kann, was man spürt: eine Mischung aus intensivem Schmerz und Glück.

Wir sind satt, sitzen auf den Stufen einer der vielen Kirchen der Stadt und nehmen ein kräftigendes Sonnenbad. Dabei denken wir, dass wir alles wahrscheinlich erst Ende der nächsten Woche verdaut haben werden.

In den letzten Stunden hat Gina fast jeden Satz so angefangen: »Erinnerst du dich noch an …?« Sie hat mich an jede Menge Geschichten erinnert, viele Fragmente aus meiner Kindheit

hervorgeholt, die ich im Lauf der Zeit vergessen hatte, Augen-
blicke, die zu einem anderen Leben gehören, in dem wir vollkommen glücklich und fast ganz sorglos waren.

Sommer 2000

Es ist mein erster Sommer ohne das Meer. Mir wird jetzt richtig bewusst, was es für ein Glück war, es jeden Tag meines Lebens vor mir zu haben.

Was soll man machen, wenn es so heiß ist und man nicht baden gehen kann? Wie überlebt man bei 40 Grad in der Stadt? Ohne abendliches Picknick am Strand? Wo küssen sich hier eigentlich die Verliebten? Wo gehen sie hin, um den Sonnenuntergang anzuschauen?

Mama arbeitet den ganzen Tag, und ich habe hier keine richtigen Freunde. Ich verbringe meine Zeit mit Langeweile oder Zeichnen.

Mein Vater ruft mich jeden Tag an, meine Mutter sagt, ich soll mit ihm sprechen, aber ich lege immer bald auf. Ich habe ihm nicht mehr viel zu sagen und bin es leid, immer wieder zu hören, dass er mich sehen will. Dass es uns jetzt so geht, ist seine Schuld. Es bringt nichts zu jammern, wo alles zu spät ist.

Gina fehlt mir. Ich würde Mailand gern mit ihr entdecken. Die Leute hier sind etwas zu förmlich. Sie machen alles, wie es sich gehört, und kommen nie aus ihrem Rahmen. Es ist, als ob sie alle erwachsen wären, auch Jugendliche. Gina würde mich dazu bringen, mich außerhalb der Fußgängerzone zu bewegen, und eine gute Stimmung in diese zu ernste und verklemmte Stadt bringen.

33

Den Rest des Nachmittags verbringe ich am Bett meines Vaters. Er kann inzwischen allein aufstehen und ohne Hilfe die Toilette benutzen.

»Ich brauche keine Windeln mehr«, sagt er verlegen.

»Das ist gut, da fühlst du dich sicher besser.«

Er nickt.

Signora Anna ist schwer beschäftigt, mit ihrem Mann, dessen Zustand sich kaum verbessert, Übungen zu machen. Jedes Mal, wenn sie eins seiner Beine hebt, scheint er Schmerzen zu haben. Ich frage mich, ob Ärzte und Physiotherapeuten diese Art Training für richtig halten.

»Wir haben uns mit fünfzehn kennengelernt«, erzählt sie, »und bald bin ich siebzig. Da kannst du die Jahre ausrechnen. Die Ehe ist nicht jeden Tag ein Zuckerschlecken. Es gibt auch Streit, man muss nachgeben, Opfer bringen. Aber wenn man sich liebt, kommt man mit alldem klar. Wir haben sieben gesunde Kinder und zwölf Enkel! Wir ergänzen uns gut, Pasquale und ich, stimmt's, Pascà?«

»Ja, man ergänzt sich ... Ich habe unrecht, sie hat recht.«

»*Amore verace, s'appiccica e po' fa pace.*«

»Wahre Liebe streitet und versöhnt sich wieder.«

Ich muss über sie lachen, die beiden sind ganz rührend.

Hinter ihrer brummigen Art verbirgt sich tatsächlich wahre Liebe. Ich sehe es an der Art, wie sie ihm alle drei Tage den Bart rasiert; ich sehe es, wenn Pasquale ihre Hand nimmt, wenn sie am Nachmittag zusammen ihre Serie gucken; ich sehe es in Annas Blick, der zwischen Bangen und Hoffen abwechselt, wenn der Doktor mit Neuigkeiten ins Zimmer kommt.

»Wie ist es eigentlich bei dir? Wie ist dein Liebster?«, fragt sie mich.

Mein Vater sieht mich neugierig an.

»Ein guter Mensch.«

»Ist er Mailänder?«

»Ja.«

»Und macht er dich glücklich?«

»Ich glaube schon.«

»Nur darauf kommt es an. Alles andere ist egal. Lass es dir von der alten Anna sagen: Niemand wollte, dass ich meinen Pasquale heirate, beide Familien waren dagegen. Aber ich habe auf niemanden gehört und du kannst sehen, es war richtig. Er hätte nie eine Bessere gefunden als mich, das ist sicher. *Se po' campà senza sapé pecché, ma non se po' campà senza sapé pecchi'.*«

»Man kann leben, ohne zu wissen, warum, aber man kann nicht leben, ohne zu wissen, für wen.«

Es ist, als ob alle Welt sich verschworen hätte, mir ein und dieselbe Botschaft zu senden. Oder die Person, die ich liebe, hat all diese Leute angestellt, um mit mir über Liebe zu reden. Das würde mich kaum überraschen.

Mein Vater hat Lust auf einen kleinen Spaziergang auf dem Flur. Die Farbe der neurochirurgischen Station ist Violett. Alles ist violett hier, die Wände, die Sitze im Warteraum und sogar manche Gesichter. Als hätte es auf die Menschen abgefärbt. Ich mochte diese Farbe nie besonders, aber seit ich in diesem Krankenhaus bin, verabscheue ich sie.

Mein Vater geht noch sehr langsam, aber er hat enorme Fortschritte gemacht. Der riesige Kopfverband ist zwei kleineren gewichen, einem auf der rechten Seite seines rasierten Schädels, der andere oben. Er sah schon vorher nicht sehr freundlich aus, doch jetzt ist er eher furchterregend.

Ich hatte aber nie Angst vor meinem Vater. Ich erinnere mich, dass meine Freunde sich vor ihm fürchteten, ich jedoch nie. Er ist der Mann, den ich im Leben am meisten respektiert und geliebt habe, und sicher ist das der Grund, weshalb der Schaden irreparabel war, als er von dem Podest fiel, auf das ich ihn gestellt hatte.

Er braucht eine Stütze, um zu gehen – manchmal meinen Arm, oft die Wand. Es tut mir weh zu sehen, wie sehr er an Kraft verloren hat. Ich dachte immer, ich hätte noch etwas Zeit, bis ich mich um die Gesundheit meiner Eltern sorgen müsste. Sie sind noch jung, es ist zu früh. Zu sehen, dass alles so schnell kippen kann, ist schwindelerregend.

Ich denke oft an Filomenas Worte. Sie hat mir geraten, die Gelegenheit zu nutzen, mit meinem Vater zu reden. Sie hat recht, es ist vielleicht Zeit, das Abszess aufzuschneiden. Also lege ich los:

»Du bist mir sicher böse, weil du nichts mehr von mir hörst. Du findest sicher, dass ich hart zu dir bin. Darüber möchte ich gern mit dir sprechen, da ich schon mal hier bin. Ich möchte dir erklären, was ich empfinde.«

»Einverstanden.«

»Jahrelang habe ich die Last dessen, was du getan hast, getragen. Ich fühlte mich schuldig, weil ich dachte, du tätest es für mich, weil du den Gedanken nicht ertragen konntest, dass ich in einem Zimmer mit Schimmel an den Wänden schlafe. Ich dachte, es sei aus Liebe ...«

Er bleibt stehen, wendet sich zu mir um und sagt mit beinahe fester Stimme:

»Ja, aus Liebe.«

»Nein, Papa, das darfst du nicht mehr sagen. Das ist keine Liebe. Du hast es nur für dich getan, um deine Geldgier zu befriedigen. Du hast immer geglaubt, dass Geld glücklich macht, aber du hast dich getäuscht. Nimm das Beispiel deines Bruders. Er hat keine Wohnung mit Blick aufs Meer, auch keine Luxuswagen, aber er hat seine Kinder und Enkel. Er hat sein Leben lang hart gearbeitet, er hat die Frau, die er liebte, verloren, aber er hat nie aufgehört, für seine Familie zu kämpfen, auch für dich, obwohl du es nicht verdient hast. Das ist Liebe, Papa.«

Ich sehe Wut in seinen Augen, aber trotz des geschorenen Schädels macht er mir immer noch keine Angst.

»Du hättest schöne Dinge erreichen können. Aber du hast beschlossen, deine Seele dem Teufel zu verkaufen, und das werde ich dir nie verzeihen.«

»Du verstehst das nicht ... Wenn du Kinder ...«

»Wenn ich Kinder habe, will ich versuchen, ihnen beizubringen, was gut und böse ist, wie du es mir beigebracht hast, als ich ganz klein war. Weißt du noch? Es hat funktioniert. Nur hast du nicht damit gerechnet, dass du selbst auf die schiefe Bahn geraten könntest.«

Er wischt sich eine Träne ab, aus Reue oder Wut, und geht allein in sein Zimmer, wobei er sich an der Wand abstützt. Er

lässt mich stehen, ich empfinde noch den Schmerz des kleinen Mädchens in mir und den Zorn der Erwachsenen, die ich
inzwischen bin.

34

Die Freundinnen sind unterwegs, und ich habe den Eindruck, mit ihnen zu fahren, weil sie ständig Sprachnachrichten schicken.

Alessandra: Wir sind unterwegs. Francesca fährt ein bisschen zu schnell, wie ich finde, und ich glaube, Fatima, die hinten sitzt, hat gerade gefurzt.
Fatima: Das stimmt. Entschuldigung im Voraus für die folgenden, ich habe heute Mittag *pasta e fagioli* gegessen.
Alessandra: Okay, wir werden alle abkratzen. Du stinkst, das ist eine Krankheit, weißt du das? Du hast ein echtes Problem! Dein Röhrensystem ist kaputt! Wir kommen spätabends an, Luna. Sehen wir uns morgen zum Frühstück?
Luna: Ich bringe *sfogliatelle* mit. Ich freue mich sehr auf euch!
Alessandra: Und ich erstmal. Ich muss dir erzählen, was für ein Gesicht mein Mann gemacht hat, als er nach Hause kam und mich mit dem Koffer sah. Ihr werdet stolz auf mich sein: Ich hatte nicht aufgeräumt und auch nichts zu essen gemacht.
Luna: *That's my girl!*

Während ich darauf warte, dass meine kleine Truppe eintrifft, besuche ich Filomena, die inzwischen eine Freundin geworden ist. Sie hat mich zum Abendessen eingeladen. Ich komme pünktlich um halb neun mit einem großen Tulpenstrauß zu ihr.

»Danke, Luna! Das solltest du doch nicht. Ich freue mich so, dass jemand zum Essen kommt. Ich sollte dir etwas dafür schenken, dass du die Einladung angenommen hast. Die Blumen sind allerdings wunderbar, vielen Dank!«

Sie scheint ernsthaft zu glauben, dass ich ihr einen Gefallen tue. Dabei habe ich es teilweise ihr zu verdanken, dass der Aufenthalt in Neapel, der mir so schwer bevorstand, immer angenehmer wird.

Sie hat *gnocchi alla sorrentina* und einen Kalbsbraten mit Gemüse gemacht. Es riecht göttlich, mir läuft das Wasser im Mund zusammen. Sie hat auch den Tisch schön gedeckt mit kleinen und großen Porzellantellern und Silberbesteck und hat sogar Kerzen aufgestellt. Ich bin im feinsten Restaurant Neapels.

»Es fehlt mir, für andere zu kochen. Ich hab das immer gern getan und freue mich, wenn es den Leuten schmeckt. Es hat mir Spaß gemacht. Manchmal – es ist mir etwas peinlich – koche ich für Filomena.«

Jetzt verstehe ich, warum sie so dick ist! Aber ich bin schon stutzig geworden, als ich das neulich mit der *parmigiana* gehört habe.

Dann fragt sie mich spontan, wie es mir geht, wie es mit meinen Gedanken über die Liebe aussieht, und ich antworte ihr, dass ich theoretisch gern aufhören würde, mir dauernd Fragen zu stellen, und gern endlich loslegen würde, dass ich aber in der Praxis viel zu feige bin.

»Was hast du zu verlieren?«

»Menschen, an denen mir liegt, die sehr wichtig für mich sind und meine Wahl nicht verstehen würden.«

»Entschuldige mal, wenn sie so reagieren, dann ist das kein großer Verlust! Ich freue mich sehr, deine Freundinnen kennenzulernen.«

»Sie werden Ihnen gefallen, wussten Sie, dass Fatima einen Teil ihrer Kindheit in Berlin verbracht hat? Sie hatte kein einfaches Leben, aber diese Frau hat eine unglaubliche Energie. Sie trägt ein Kopftuch, und das war für sie nicht immer einfach, vor allem, als sie nach dem Studium Arbeit suchte ... Sie hat sogar überlegt nach London zu gehen, wo man es damit einfacher hat. Dann hat sie sich gesagt, dass es nicht ihre Sache sei, wegzugehen. Sie mag Italien, liebt Mailand und so beschloss sie, ihr eigenes Architekturbüro zu eröffnen. Heute hat sie sieben Angestellte und ihr Auftragsbuch ist Monate im Voraus gefüllt.

Alessandra ist auch eine Kämpferin. Das Problem ist, dass sie in einer toxischen Beziehung mit ihrem Mann lebt, der sie nach unten zieht und all ihrer Kräfte beraubt. Deswegen kommen sie auch an diesem Wochenende. Sie muss einmal rauskommen und sich ein bisschen ausruhen.«

»Und Francesca?«

»Sie ist eine sehr komplexe Person, hat eine Riesenklappe und ein großes Herz. Sie wird sich perfekt mit Gina verstehen. Sie gibt sich immer sehr stark, aber ich weiß, wie fragil sie ist. Manchmal sind die Dinge, die sie in ihrer Praxis sieht und hört, für einen allein schwer auszuhalten. Francesca würde gern immer mehr machen, stellt sich dauernd in Frage. Sie macht sich Vorwürfe, wenn sie eine Patientin nicht überzeugen konnte, gegen ihren gewalttätigen Mann zu klagen; sie ist tieftraurig, wenn sie erfährt, dass ein kleiner Leukämie-Patient gestorben ist; sie bricht fast zusammen, wenn sie andere Menschen verzweifelt erlebt. Manchmal vertraut sie mir an, dass sie Zweifel hat, ob sie für ihren Beruf geeignet ist, aber ich glaube, es werden gerade Ärzte gebraucht, die sind wie sie – die sympathisch und menschlich sind und zuhören können.«

»Da hast du recht.«

»Außerdem kann sie sehr lustig sein, und sie ist verdammt schön.«

Filomena lächelt mir zu.

»Du hast Glück, solche Freundinnen zu haben«, sagt sie, und ihre Stimme klingt ein wenig traurig.

Jetzt stelle ich ihr eine Frage, die mir seit ein paar Tagen auf der Zunge brennt.

»Darf ich Sie fragen, wer all diese Leute auf den Fotos sind?«

»Ja, natürlich. Das ist eine lange Geschichte, meine Liebe … Erst hole ich uns noch einen Kaffee.«

35

Filomena steht an der Theke in ihrem ersten Laden; heute drängen sich die Kunden nicht in dem Raum. Es ist eiskalt in diesem November. Sie hat sogar ihre Handschuhe angelassen, um sich ein bisschen aufzuwärmen.

Gestern hat sie eine Frau gesehen, die genau gegenüber bettelte. Sie nahm sich vor, rüberzugehen und ihr einen heißen Kaffee zu bringen. Als sie gerade losgehen wollte, war die Frau verschwunden. Dann kam sie wieder und saß auf dem Boden, in eine große, schmutzige Decke gehüllt.

Filomena suchte in ihren Beständen, nahm einen Schal, Handschuhe, eine Mütze und einen warmen Pullover, um sie ihr mit der Tasse Kaffee zu bringen. Als sie auf die Frau zukam, merkte sie, dass sich unter der Decke etwas bewegte. Es war weder eine Katze noch ein Hund, sondern ein Baby. Mutter und Kind waren dreckig. Das Baby war nur wenige Monate alt, die Frau war erschreckend dünn, ganz offensichtlich nahm sie auch Drogen. Filomena fragte, wie es so weit gekommen war, da erfuhr sie, dass die junge Frau Alina hieß, dass die Eltern sie auf die Straße gesetzt hatten, weil sie schwanger war, und dass sie von Betteln und Ladendiebstahl lebte. Sie erzählte ihr auch, wie kalt es war und welche Angst sie hatte und wie verzweifelt sie war, wenn es Abend wurde. Sie brach in Tränen aus, weil sie seit ein paar Tagen nicht mehr genug Milch für ihr Kind hatte, erzählte, dass es Hunger hatte und dass sie es vor einer Kirche niederlegen wolle, damit es eine Chance hätte zu überleben.

»Wie heißt es?«

»David.«

»Komm mit, wärmt euch drinnen ein bisschen auf.«

An diesem Tag nahm Filomenas Leben eine Wende, nur wusste sie es noch nicht. Die junge Alina und ihr Sohn waren die ersten in einer langen Reihe Menschen, die sie vor der Straße rettete. Sie kämpfte für sie. Sie begann, Leute bei sich zu Hause aufzunehmen – zum großen Ärger ihres Mannes. Mit der Unterstützung anderer Geschäftsleute und Freunde gründete sie in wenigen Monaten einen Verein, mietete einen Raum und stattete ihn als Herberge für mehrere Menschen aus.

Bald machte sie es sich zur Gewohnheit, die Menschen, denen sie geholfen hatte und die nun Arbeit und Wohnung gefunden hatten, am Tag ihres Weggangs zu fotografieren.

Sie wollte für immer das Leuchten in ihren Augen festhalten, ihre Freude über eine bessere Zukunft. Sie tat es auch, um sich an düsteren Tagen daran zu erinnern, warum sie beschlossen hatte, ihren Nächsten die Hand zu reichen: um ihnen Hoffnung und um ihrem eigenen Leben Sinn zu geben.

Filomena ist überzeugt, dass dies ihre Bestimmung war, dass sie in dieses Land gekommen war, um diesen Auftrag zu erfüllen, und sie setzte alles daran, es gut zu machen. Als sie Deutschland verließ, gehörten ihrem Verein Dutzende Unterkünfte für Obdachlose im ganzen Land. Als sie nach Italien zurückging, überließ sie die Zügel einer ihrer Enkelinnen, nahm aber ihre fotografischen Erinnerungen mit.

»Ich würde gern wissen, ob sie heute alle glücklich sind«, gesteht sie.

»Sie sind eine großartige Frau, Filomena.«

»Ich bin vor allem Neapolitanerin«, sagt sie lachend, damit sie keine Rührung überkommt. »Man kann nicht dauernd die Augen vor der Armut verschließen. Wenn man von hier stammt, kann man gar nicht anders, als sich um Dinge kümmern, die einen nichts angehen. Das ist stärker als wir ...«

An diesem Abend komme ich mit neuer Kraft in die Wohnung meines Vaters zurück. Ich fühle mich glücklich, dass ich dieser Frau begegnet bin, und bin im tiefsten Innern sicher, dass dies nicht durch Zufall geschehen ist.

36

Sieben Uhr. Ich bin schon angezogen, geschminkt und unterwegs zur besten Konditorei von Posillipo, um etwas für unser Frühstück einzukaufen.

Um fünf Uhr morgens hat die Truppe mir eine Nachricht geschickt, dass sie angekommen sind. Sie werden nicht viel Schlaf bekommen haben, aber ich werde ungeduldig, und wir haben ja auch nicht viel Zeit. Ich komme mit einem Armvoll *sfogliatelle* zu der kleinen Wohnung mit Meerblick, die sie ein paar Straßen oberhalb des Palazzo Donn'Anna gemietet haben.

Ich warte einige Minuten an der Tür, bis Fatima mir noch halb verschlafen öffnet.

»Es ist doch noch so früh«, sagt sie abwehrend.

»Ja, aber ich habe etwas zu essen mitgebracht.«

»ICH LIEBE DICH!«

So löst man alle Konflikte mit dieser Frau.

Die Wohnung ist klein, aber sehr hell und freundlich. Das Fenster in der Küche hat die Form eines Bullauges und gibt einen großartigen Blick auf den *palazzo* und das Mittelmeer.

Alessandra und Francesca schlafen auf der Galerie und ich bitte Fatima, noch ein paar Minuten zu warten, bis sie sie wecke – die eine muss Schlaf nachholen, und Francesca ist die halbe Nacht gefahren.

Ich habe zehn *sfogliatelle* gekauft und gedacht, das sei viel, aber bei dem Tempo, in dem meine Freundin eine nach der anderen isst, wird bald für uns nichts mehr übrig sein.

»Vorsicht, du wirst noch krank, diese Dinger sind richtig schwer.«

»Ja, aber es ist unheimlich gut«, antwortet Fatima mit vollem Mund.

Sie erzählt, Alessandra habe auf der Fahrt viel geweint, ihr Mann habe sie mit Nachrichten bombardiert, um ihr ein schlechtes Gewissen zu machen, und das hätte sehr gut funktioniert.

»Ich vermute, Francesca hat Enzo eine deutliche Nachricht geschickt, als wir eine Pipi-Pause gemacht haben. Oder eine Todesdrohung. Denn wie durch Zufall hat er, als wir weiterfuhren, seiner Frau geschrieben: ›Also gut, wir werden es schon schaffen, mach dir keine Sorgen und genieß die Zeit.‹«

»Ganz sicher steckt Francesca dahinter.«

»Das sehe ich auch so.«

Alessandra steht zuerst auf. Sie kommt mit ihren langen roten Locken und verquollenen Augen die Wendeltreppe herunter, läuft auf mich zu, umarmt mich und fängt wieder an zu weinen.

»Meine Bluse ist gleich ganz voll Rotz«, sage ich, um sie zum Lachen zu bringen.

»Ich bin so froh, dass wir wieder alle zusammen sind!«

»Ich auch!«

»Ich auch«, ruft Fatima, die immer noch isst.

»Also, was steht auf dem Programm?«, fragt Alessandra und wischt sich die Tränen ab.

»Zuallererst: hör auf zur weinen. Dein Typ verdirbt dir schon dein Leben, jetzt soll er nicht auch noch das Wochenende kaputtmachen. Ich bringe euch heute Morgen an einen Ort, den ich besonders gernhabe, und mittags gibt es Pizza.«

»Jaaaa!«

Sie sind alle ganz begeistert und Alessandras Tränen sind einem schönen Lächeln gewichen. Während sie sich fertig machen, schreibe ich eine Nachricht.

Ich verbringe das Wochenende mit meinen Freundinnen. Deshalb bin ich nicht so gut per Telefon zu erreichen. Ich hoffe, du hast ein ebenso gutes Programm wie ich ... Bis ganz bald.

Die Antwort erfolgt sofort:

Ich bin Geduld gewöhnt und habe auch ganz nette Pläne, ich erzähle dir später davon. Ich liebe dich und würde dich gern küssen.

Ich muss lächeln.

PS: Du bist schön, wenn du errötest.

In meinem Bauch fliegt eine ganze Schar Schmetterlinge.

Ich höre, wie Francesca herunterkommt, schweigend geht sie auf mich zu und umarmt mich herzlich.

»Du hast mir gefehlt, Rattenkopf.«

Sie findet immer die richtigen Worte.

»Hier, iss das und geh dich anziehen. Ich mache mit euch eine Führung durch meine Stadt.«

37

Wir gehen zur *Certosa di San Martino*, einem alten Kartäuser-kloster, in dem heute ein Museum untergebracht ist. Dort gibt es neben anderen Wundern einen hängenden Garten und eine Terrasse mit einem der schönsten Blicke auf den Vesuv und die Stadt.

Fatima, Alessandra und Francesca sind von der Schönheit des Ortes fasziniert und ich empfinde, das gebe ich gern zu, einen gewissen Stolz, dass sie alle fünf Minuten ihre Begeiste-rung äußern. Alessandras Augen strahlen, ihr Mund steht vor Staunen offen, sie ist Barock-Fan. Fatima mag besonders die *Chiesa delle Donne*, die »Kirche der Frauen«, den Fußboden – der besonders schön ist, wie ein Teppich aus Marmor – und die dort ausgestellten Kunstwerke. Nach dem Besuch der Gär-ten, in denen wir jede Menge Erinnerungsfotos machen, be-enden wir die Tour mit dem Höhepunkt des Schauspiels: der Terrasse oberhalb der Stadt. Lange Zeit sagen sie nichts. Das kommt so selten vor, dass es erwähnt werden muss. Sie gehen zusammen zum steinernen Geländer und blicken minutenlang auf den Vulkan und bewundern ihn wortlos.

»Nicht schlecht, oder?«, frage ich schließlich.

»Wie konntest du nur einen solchen Ort verlassen?«, fragt Alessandra.

»Ich konnte in dem Museum hier nicht leben, das weißt du doch.«

»Sehr witzig, aber fehlt es dir denn gar nicht?«

»Nein, davon war ich überzeugt, aber mittlerweile …«

»Aber mittlerweile?«, fragt Francesca und sieht mich an.

»Jetzt ist mir klar geworden, dass man zwar versuchen kann, das, was man liebt, aufzugeben, dass es einen aber früher oder später wieder einholt.«

Um halb eins verlassen wir das Kloster. Es ist Zeit, ihnen zu offenbaren, warum ich unbedingt mit dem Taxi hierherfahren wollte.

»Seht ihr die Treppe, die nach unten führt?«

»Soll das ein Witz sein?«, ruft Fatima, die weiß, worauf ich hinauswill.

»Sie führt nach *Spaccanapoli*. Ich hoffe, ihr habt gute Sneaker, denn dort essen wir unsere Pizza, und die werdet ihr euch verdient haben, glaubt mir.«

Es ist für die Jahreszeit zu heiß, und selbst wenn ich weiß, dass sie mich dafür hassen – es geht zwar nach unten, aber in der Sonne ist es alles andere als einfach –, sie geben doch zu, dass der Blick unterwegs sich lohnt. Die große Treppe ist gesäumt von Häusern.

»Wie kriegen die Leute denn ihre Einkäufe nach oben?«, fragt Alessandra, »gibt es keine Zufahrt für Autos?«

»Nein, sie müssen irgendwelche Methoden für den Transport entwickelt haben. Hier haben die Leute großen Erfindungsgeist.«

Eine halbe Stunde später befinden wir uns im Herzen von Neapel. Meine Freundinnen sind von dem besonderen Ambiente, das dort herrscht, begeistert und wissen gar nicht, wo sie zuerst hinschauen sollen. Zu viel Neues auf jedem Quadratzentimeter, zu viel Schönheit und Poesie überall, wohin man blickt. Eine Frau singt *O sole mio* zur Harfe, wir verweilen, um ihr zuzuhören. Die Zeit scheint stillzustehen. Mich überkommen starke Gefühle, ich spüre einen Druck in der Brust, der immer mehr zunimmt. Ich versuche, mich zusammenzunehmen, aber ich habe Tränen in den Augen, die mir die Sicht verschleiern. Ich ziehe schnell meine Sonnenbrille an, aber meine Freundinnen lassen sich nicht täuschen. Sie merken sofort, dass etwas nicht stimmt oder dass alles zu schön ist und mir zu viel wird. Sie umarmen mich alle drei, und so stehen wir zusammen und genießen diesen Moment, der sich uns tief einprägt.

Inzwischen sitzen wir endlich in unserer kleinen Pizzeria, zur Freude unserer Füße. Man kann hier zwischen zehn Pizzen auswählen, sitzt dichtgedrängt und die Kellner rufen laut, um die Bestellungen anzunehmen. Typischer geht es nicht. Die Mailänderinnen sind völlig überrascht, dass es dreimal billiger ist als zu Hause im Norden, und wissen noch gar nicht, dass es auch dreimal besser schmeckt.

Ich genieße gerade meine Margherita, als ein Passant ein paar Schritte von uns entfernt stehen bleibt und Fatima anschreit.

»Verdammte Terroristin!«

Francesca springt auf, aber er ist schon wieder fort. Er hat seinen Hass befriedigt, seine Ignoranz bewiesen und ist weitergegangen. Die anderen Gäste schweigen und tun, als hätten sie nichts gehört. Alessandra steht vor Schreck der Mund offen, mich überkommt Zorn. Fatima isst unerschüttert weiter ihre Pizza.

»Es tut mir leid«, sage ich.

»Tut es dir leid wegen dieses Idioten? Dafür kannst du doch nichts. Wenn du dich jedes Mal entschuldigen müsstest, wenn jemand so etwas zu mir sagt, könntest du den ganzen Tag nichts anderes machen, meine Liebe. Ich bin dran gewöhnt, es berührt mich nicht mehr, und es wird mich sicher nicht daran hindern, mir hier in diesem herrlichen Gewimmel eine zweite Pizza zu bestellen.«

Ihre gute Laune ist dennoch etwas beeinträchtigt und der Chef der Pizzeria bietet ihr an, ihr das Essen gratis zu überlassen.

»Soll das ein Witz sein?«, ruft sie aus, »ich habe hier die beste Pizza meines Lebens gegessen, möchte sie gern bezahlen und Ihnen für den wunderbaren Augenblick, den meine Papillen erlebt durften, danken. Das ist wohl das Mindeste.«

So reagiert sie immer. Sie antwortet auf Dummheit mit Humor. Diesen Panzer hat sie sich im Lauf der Jahre zugelegt und das schützt sie ein wenig vor Rassismus. Fatima sagt, sie nutzt das als Motor, um Erfolg zu haben und weiterzukommen. Aber ich weiß, dass manchmal eine Bemerkung oder ein Blick zu viel für sie ist, dann bricht sie zusammen. Die Leute vergessen, dass ein Kopftuch eben kein Panzer ist und sich darunter ein menschliches Wesen befindet.

38

»Was meint ihr, haben die Neapolitaner Angst vor dem Vulkan?«, fragt Francesca, während wir in der Nähe der *Piazza del Plebiscito* einen Kaffee genießen. »Ich an ihrer Stelle würde mich, glaube ich, nicht sehr sicher fühlen.«

»Ich weiß nicht, ob sich alle der Gefahr bewusst sind.« Als ich zum ersten Mal Pompeji besichtigt habe, muss ich etwa zehn gewesen sein. Seitdem bin ich fasziniert von diesem Ort, aber ich fürchte mich auch. Die Einwohner wurden in ihrem Alltag von dem Vulkanausbruch erwischt, das hat mich damals am meisten beeindruckt. Ich war fast »erleichtert« bei dem Gedanken, dass sie keine Zeit hatten zu erleben, wie die Katastrophe heraufzog, und auch nicht lange gelitten haben. So habe ich mich getröstet und mir gesagt, wenn eine so schlimme Katastrophe wieder geschehen sollte, bliebe uns gar keine Zeit, Angst zu haben. Es würde so plötzlich geschehen wie eine Herzattacke oder ein Autounfall.

Wir bleiben mehr als eine Stunde an dem Tisch sitzen. Die Stadt ist eine andere und der Kaffee ist viel besser als der in Mailand, aber das Wesentliche bleibt, wie es ist: Wir vier sitzen hier und erfinden die Welt neu. Manchmal tritt Schweigen ein und jede geht ihren eigenen Gedanken nach. Bei jedem anderen fürchte ich mich davor, aber nicht bei ihnen. Man muss sich sehr gut verstehen, um gemeinsam schweigen zu können.

Irgendwann beschließe ich, meinen Vater zu besuchen. Am Ende des Tages wollen wir uns im Palazzo Donn'Anna treffen – die drei möchten ihn unbedingt besichtigen – und dann mit Filomena zu Abend essen.

»Soll ich mitkommen?«, fragt Francesca.

»Nein, danke. Alessandra braucht euch und ich möchte, dass ihr nur die gute Seite der Stadt erlebt.«

Während ich im Taxi ins Krankenhaus fahre, versuche ich per SMS, Gina zu überreden, heute Abend zu uns zu kommen.

Luna: Ich wünsche mir sehr, dass du kommst. Und die drei Mailänderinnen auch. Filomena und ich brauchen dich, damit wir nicht in der Minderheit sind!
Gina: Rechnest du dich also endlich zur anderen Seite, Luna?
Luna: Das zeigt, wie sehr ich mir wünsche, dass du dabei bist.

Sie verspricht, darüber nachzudenken und mir bis zum späten Nachmittag zu antworten.

Als ich im Krankenhaus ankomme, begegne ich *signora* Anna auf dem Flur. Sie weint bitterlich. Die Zimmertür ist geschlossen. Mein Herz fängt heftig an zu schlagen.

»Was ist los?«

»Pasquale hatte einen Schwächeanfall. Ich weiß nicht, was los ist, die Ärzte sind bei ihm.«

Ich nehme sie in die Arme. Sie ist ganz starr vor Angst und zittert wie Espenlaub. Ich bitte die freundliche Krankenschwester um einen Stuhl, und sie bringt ihn und dazu ein Glas Wasser. Ich versuche, Anna zu beruhigen und ihr zu sagen, es werde sicher wieder gut.

»Ich kann ohne ihn nicht leben, Luna. Ich weiß nicht, wie das gehen soll. Ich habe ganz vergessen, wie es ist, morgens aufzuwachen, ohne dass er neben mir liegt. Er gibt mir all meine Kraft. Ich könnte es nicht.«

»Sie geben auch ihm Kraft, deshalb müssen Sie jetzt stark sein.«

Wir bleiben eine Viertelstunde dort sitzen. Anna lässt meine Hand nicht los; in der anderen hält sie ihren Rosenkranz. Als der Doktor endlich aus dem Zimmer kommt, gibt er sich zuversichtlich.

»Der Zustand Ihres Mannes ist nicht besorgniserregend, *signora*. Wir machen ein paar Untersuchungen, nur zur Vorsicht. Wir verändern auch seine Therapie ein wenig. Aber er ist wach und es geht ihm viel besser.«

»Gott segne Sie, Doktor! Gott segne Sie!«

»Übrigens, Sie sollten ihm nicht so viel zu essen geben, das ist in seinem Zustand nicht gut«, fügt der Arzt noch hinzu.

»Hat er gesagt, Sie sollen mir das sagen? Dieser Verräter! Da er nicht tot ist, bringe ich ihn um.«

Das Pflegepersonal muss grinsen. Ich bin erleichtert, dass es Pasquale besser geht. Durch die beiden werden für mich die Stunden im Zimmer 217 versüßt. Ganz irre, wie man in nur wenigen Tagen Menschen näherkommt, die man vorher nie gesehen hat. In Krankenhäusern entstehen schnell Beziehungen zwischen Menschen, man hat hier keine Zeit zu verlieren und kommt gleich zum Wesentlichen.

Mein Vater scheint heute recht gut in Form zu sein. Ich beschließe, die Diskussion von neulich nicht wieder aufzunehmen und stattdessen mit ihm zu reden, als ob nichts wäre. Ich erzähle von meinen Freundinnen, die übers Wochenende nach Neapel gekommen sind, und frage ihn, ob ich ihnen seine Wohnung zeigen darf.

»Natürlich, es ist ja auch deine ...«

»Wohnung?«

»Ja.«

Ich bin da ganz anderer Meinung, sage aber nichts.

Die freundliche Krankenschwester kommt, bringt ihm seine Tabletten und sagt mir, er habe große Fortschritte gemacht und die Ärzte seien sehr zuversichtlich.

»Nur gute Nachrichten heute, siehst du, Pascà«, ruft die Nachbarin erfreut aus. »Das sollten wir feiern und ein Gläschen trinken.«

Zu unserer Verblüffung sehen wir, wie sie eine Flasche aus ihrer Tasche holt.

»Was haben Sie denn? Der Doktor sagt, ich soll ihm nichts mehr zu essen geben, von Trinken hat er nichts gesagt.«

Die Schwester hebt resigniert die Arme in die Höhe, und bevor sie das Zimmer verlässt, sagt sie:

»Ich habe nichts gesehen, aber wenn ihr wollt, dass die beiden am Leben bleiben, verzichtet auf Alkohol!«

Anna besinnt sich, aber da es ihr und mir nichts schadet, gießt sie uns ein Glas ein. Das ist *finocchietto*, ein köstlicher Likör auf Fenchelbasis, ein wirksamer Digestif nach einem reichhaltigen Essen. Die *signora* hat ihn selbst gemacht. Das sieht man an der alten Sprudelflasche, die sie dafür verwendet hat. Wir trinken auf die Gesundheit – mein Vater und ihr Mann haben Wasser bekommen –, auf eine baldige Entlassung und unser Kennenlernen. Dann sagt sie:

»*Pigliate o buono quanno te vene, ca u malamente non manca maj.*«

»Nimm Gutes an, wenn es sich darbietet, denn an Schlechtem wird es nie fehlen.«

Ein passenderes Sprichwort gibt es nicht.

39

Als ich in die Wohnung komme, sind die Freundinnen noch nicht da. Ich nehme eine kalte Dusche, wohlverdient nach diesem langen Tag. Filomena kommt, während ich mich umziehe. Sie sieht sehr gut aus, trägt ein smaragdgrünes Kleid, hat die Haare hochgesteckt und sich leicht geschminkt.

»Sie sind aber chic!«

»Ich wollte mich fein machen, deinen Freundinnen zu Ehren«, sagt sie und dreht sich um sich selbst. »Kommt Gina auch mit?«

»Ich hoffe es, ich habe ihr die Adresse des Restaurants gegeben, wir werden sehen.«

Ein paar Minuten später tauchen Francesca, Fatima und Alessandra auf.

»Der Hausmeister hat uns einem Verhör unterzogen, das sich gewaschen hat. Es fehlte nur noch, dass er uns nach einem Passwort fragt«, sagt Fatima erstaunt.

»Dann seid ihr sicher Salvatore begegnet. Er hat den Beruf verfehlt, eigentlich müsste er beim Geheimdienst arbeiten.«

Ich stelle ihnen die beiden Filomenas vor und zeige ihnen die Räume. Von außen hat das Gebäude den Charme einer alten Ruine, denn der Bau wurde nie ganz fertiggestellt. Der *palazzo* hatte mehrere Leben: Kristallfabrik, Hotel, Sitz der *Banca d'Italia* und heute Wohnhaus. Der Baustil, neapolitanisches Barock, die Aussicht, der Strand, seine besondere Lage und die

Geheimnisse und Legenden, die ihn umranken, haben den Palazzo Donn'Anna zu einem der berühmtesten Palais von Neapel gemacht.

»Selbst in meinen wildesten Träumen habe ich mir das nicht so schön vorgestellt!«, ruft Alessandra aus.

»Mir fehlen die Worte«, stammelt Fatima, »dabei kenne ich viele prächtige Orte. Was für ein Glück du hattest, hier zu wohnen!«

Mir wird ganz unbehaglich zumute. Filomena legt noch einen drauf:

»Meine Damen, wenn Sie morgen früh bei mir einen Kaffee trinken möchten, können Sie alles am helllichten Tag sehen. Da ist es noch schöner!«

Sie wollen die Gelegenheit gern wahrnehmen.

»Geht's dir gut, Luna?«, fragt Francesca.

»Ja, sehr gut! Aber ich kriege langsam Hunger. Wir sollten bald losgehen, um nicht zu spät ins Restaurant zu kommen.«

Wir essen in einer Trattoria nahe der *Piazza Municipio.* Hier gibt es nur wenige Tische, eine familiäre Atmosphäre und typische Gerichte. Es ist der ideale Ort, um den Reichtum neapolitanischer Küche kennenzulernen. Als Fatima auf die Karte schaut, fragte sie sich, was sie auswählen soll.

»Bestelle von allem ein bisschen«, empfiehlt Filomena ihr.

»Das ist wirklich ein guter Tipp«, entgegnet meine Freundin.

Wir erzählen Filomena von unserem Besuch im Kloster und sie nutzt den Moment, um alle Orte aufzuzählen, die man ihrer Meinung nach auf keinen Fall verpassen darf.

»Ihr müsst wiederkommen«, sagt sie, »hier langweilt man sich nie. Außer man ist alt und allein wie ich.«

Die drei stellen ihr daraufhin tausend Fragen zu ihrem bisherigen Leben. Fatima erzählt ihr, dass ihre Eltern während der Flucht aus ihrem Land nach Europa auch in Deutschland waren.

»Ich habe nur wenige Erinnerungen daran, ich war ja noch klein. Für meine Eltern war es eine schwere Zeit. Aber wir sind noch einmal davongekommen.«

Dann kommen die Speisen, es ist sicher genug für zehn Personen: *bruschetta*, *parmigiana*, Muschelsuppe, *linguine* mit Tintenfisch, *scialatielli* mit Meeresfrüchten, frittierter Fisch ... Dass Ginas Platz leer bleibt, stimmt mich traurig. Sie hat auch nicht auf meine letzte Nachricht geantwortet.

»Oh, mein Gott, wie soll ich das alles je runterkriegen!«, ruft Alessandra aus.

»Titel«, sagt Filomena und lächelt.

Meine Freundinnen sind verblüfft und sehen mich ungläubig an. Dann brechen sie in Lachen aus.

»Was ist? War das unpassend, Luna?«, fragt sie.

»Nein es passt genau, meine Liebe. *Bravissima!*«

Ich hatte ihr vor ein paar Tagen unser kleines Spiel erklärt, weil sie sah, wie ich loslachte, als ich die Nachrichten der Freundinnen las. Sie amüsierte sich sehr darüber. Ich hatte allerdings nicht damit gerechnet, dass sie die Spielregeln so schnell lernt.

»Hier ist ja eine super Stimmung! Was habe ich gerade verpasst?«

Ich drehe mich um, und da steht Gina und lächelt. Sie trägt

ein seltsames, viel zu enges graues Kostüm und statt einer Handtasche einen Aktenkoffer.

»Was ist das denn für ein Outfit?«, frage ich sie im Flüsterton.

»Ich wollte mich der Mailänder Mode anschließen«, sagt sie und schaut dann zu den anderen. »Kannst du sie mir vorstellen? Nein, warte, ich will es selbst herausfinden ... Du bist Fatima. Ich gebe zu, das war nicht schwierig. Die Rothaarige ist Alexandra, und du bist Francesca. Ich bin Luigia, Lunas Cousine, von meinen Freunden Gina genannt. Tut mir leid, dass ich zu spät bin, aber ich komme von der Arbeit. Ach, Unsinn, ich musste drei Kinder ins Bett bringen, ich hätte sie beinahe erschlagen.«

Ich bin erleichtert. Sie hat sich zwar verkleidet, ist aber dieselbe geblieben.

»Ich kann dich nur zu gut verstehen«, sagt Alessandra. »Ich habe nur zwei, aber manchmal machen sie mich abends ganz wahnsinnig, dann gebe ich ihnen einen Löffel Hustensaft und sie pennen.«

Offenbar beginnt der Wein zu wirken.

Der Abend verläuft wunderbar, alles schmeckt köstlich, der Empfang ist freundlich, und alle scheinen sich bestens zu verstehen. Ich lehne mich entspannt zurück. Francesca, die gespürt hatte, wie gestresst ich war, zwinkert mir zu. Ich lese auf ihren Lippen: »Genieß den Abend!« Das tue ich auch. Ich genieße es und lache viel. Als ein Musiker mit dem Akkordeon ein paar Lieder spielt, singen Gina und ich »*Malafemmena*« mit.

»Du solltest öfter Neapolitanisch reden, das ist sexy«, sagt Alessandra, die ganz schön einen im Tee hat.

»Wirklich sexy«, pflichtet ihr Francesca bei.

Ich werde rot wie üblich. Dann fange ich wieder an zu singen. Was für eine angenehme Auszeit. Bis Alessandra plötzlich den Zauber bricht:

»Alles hier scheint gut und schön, das muss man sagen. Aber die Stadt hat auch viele Probleme, oder? Wird eigentlich über die Mafia geredet?«

40

Ich habe seit jeher von der Camorra, der neapolitanischen Mafia, reden hören. Als ich klein war, stellte ich mir sie wie ein Monster vor, das die Erwachsenen benutzen, um Kindern Angst zu machen. Leider musste ich entdecken, dass es diese Monster wirklich gibt.

Die Camorra ist gut organisiert, und die mächtigen Leute an ihrer Spitze sind echte Unternehmer. Es ist ihr gelungen, sich überall einzunisten: in Handel und Politik, in den Institutionen und sogar in der Polizei. Ihre Aktivitäten sind zahlreich und verschieden, reichen vom Schmuggel über Diebstahl bis zu Erpressung, illegaler Wareneinfuhr, Drogenhandel, Waffenhandel, Wucher ... Sie lebt von sozialer Unordnung, nutzt die Misere der Ärmsten und dringt zugleich in die hohen Sphären der Macht ein. Die Mafiosi sind wie Schweizer Messer: Sie passen sich allen Lebenslagen an, um keine Gelegenheit zu versäumen, Gewinne zu machen oder ihren Einfluss zu verstärken.

Die Mafia hat ganze Viertel in Beschlag genommen. Ihre Hauptquartiere sind Zonen der Illegalität mit Kameras und Videoüberwachung, Hundeführern, gepanzerten Fenstern und Türen. Die *camorristi* zwingen sogar manche Einwohner, ihre Fenster zuzumauern, wenn sie vermuten, sie könnten ihnen irgendwie gefährlich werden. Manche Bosse bewegen sich vor aller Augen mit ihrer bewaffneten Eskorte.

Die Camorra hat sich in der Gesellschaft so ausgebreitet, dass es schwer zu sein scheint, Bereiche zu finden, die sie noch nicht infiziert hat. Die Camorra ist ein Krebs mit Metastasen. Sie zwingt Neapel in die Knie und lässt der Stadt nur wenige Überlebenschancen.

Seit Jahren bin ich die Waise eines Vaters, der von dieser Krankheit erfasst wurde.

»Halt den Mund, dein Vater ist ein dreckiger Mafioso!«

Claudio, ein Klassenkamerad, hat mir diese Worte an den Kopf geworfen wie eine Ohrfeige.

Ich war schockiert, denn ich wusste sofort, dass er recht hatte. In wenigen Sekunden war alles klar. Ich hatte das Gefühl, dass er mit diesen Worten den Schleier gelüftet hatte, der mir zu lange die Sicht genommen hatte.

Ich verstand jetzt die Tränen meiner Mutter, das viele Geld, das wir plötzlich wie durch ein Wunder besaßen, den Zorn meines Onkels, die Schlaflosigkeit meines Vaters und die Angst, die sich nach und nach in unserer Wohnung ausgebreitet hatte und mit der wir leben mussten.

Tagelang habe ich mich informiert. Ich habe alles gelesen und entdeckt, wozu diese Leute in der Lage waren. Es war nicht etwa ein Fernsehfilm oder eine Reportage in den Abendnachrichten. Es war ganz nah an mir dran. Es war konkret. Es gehörte zu meinem Alltag. Meine Familie gehörte zu diesen Leuten. Und auch ich gehörte dazu.

Ich sagte meinem Vater schließlich, ich wisse Bescheid, und zum ersten Mal im Leben hat er mich geohrfeigt.

»Du weißt gar nichts! Ich will dich nie wieder davon reden hören!«

Während ich im Bett lag und weinte, legte meine Mutter sich neben mich und murmelte ein paar Worte, um mich zu beruhigen:

»Keine Sorge, meine Kleine, es ist bald vorbei. Bald sind wir hier weg.«

41

Die Freundinnen fahren am späten Nachmittag zurück. Bevor wir die Stadt weiter erkunden, treffen wir uns alle zum Frühstück bei Filomena. Ich habe nur wenig geschlafen. Als ich mein Telefon einschalte, sehe ich, dass ich zwei Nachrichten habe.

Die erste stammt von meiner Cousine. Sie schreibt, sie habe den Abend schön gefunden und meine Freundinnen seien gar nicht so snobistisch, wie sie befürchtet habe. Gestern hat sie nach dem zweiten Gang und ein paar Glas Wein ihren Blazer ausgezogen und ihr ärmelloses T-Shirt mit Leopardenmuster sehen lassen. Sie wirkte wieder ganz natürlich, konnte sich sowieso nicht lange verstellen. Ich glaube, die Mailänderinnen schätzen sie. Auf der Rückfahrt haben sie immer wieder gesagt, dass sie Gina super finden.

»Die ist ja unglaublich schlagfertig. Ich bin ganz neidisch. Ist sie immer so lustig?«, hat Francesca gefragt. »Diese Frau muss unbedingt Comedy machen!«

Es stimmt, dass sie sehr lustig ist, manchmal unfreiwillig, das ist klar, aber gleichgültig lässt sie niemanden.

Die zweite Nachricht war ein Foto und ein Sprichwort, diesmal nicht von *signora* Anna, das lautet: *A volte si crede trovare il sole d'agosto, e si trova la luna di marzo.*

»Manchmal glaubt man, die Sonne im August zu finden, findet aber den Mond im März.«

Es bedeutet, dass man von Zeit zu Zeit, überzeugt, man suche etwas Wichtiges, etwas ganz anderes entdeckt, das noch viel wichtiger sein kann. Auf dem Bild sieht man den Sonnenuntergang hinter dem Vesuv und ich glaube, eine schönere Liebeserklärung habe ich noch nie erhalten.

Ich komme als Erste zu Filomena, oder besser gesagt als Zweite. Da schnurrt bereits jemand auf dem samtbezogenen Sofa der alten Dame. Diese hat ein Buffet vorbereitet wie im Hotel. Gebäck, kleine Obstkuchen, frischen Fruchtsaft ...

»Wann sind Sie denn aufgestanden?«

»Und fünf, meine Kleine, ich war aufgeregt wie ein Floh. Das würde ich gern jeden Morgen machen. Und der Abend gestern war so schön! Hiermit danke ich euch dafür.«

»Fatima wird vor Glück in Ohnmacht fallen!«

»Diese Frau hat mich überrascht. Ich denke seit gestern dauernd an sie. Sie hat etwas in ihren Augen ... ich weiß nicht, was es ist. Es ist, als habe sie einen Schalter umgelegt, und in meinem Herzen ginge ein Licht an.«

»Ja, sie ist ein besonderer Mensch.«

»Die anderen übrigens auch. Es ist ein Vergnügen, euch zu beobachten. Da ist viel Zuneigung zwischen euch. Das ist kostbar, ihr müsst es pflegen. Das Abendessen hat mich zehn Jahre jünger gemacht.«

Was sie sagt, berührt mich. Ich küsse sie auf die Wange und sie umarmt mich.

»Ich hoffe, wir bleiben in Verbindung, wenn du wieder in Mailand bist. Mach mir keine leeren Versprechungen, Luna! Ich will nicht den Rest meiner Tage damit verbringen, auf etwas zu hoffen, das sich nicht erfüllt.«

»Wir sehen uns wieder, Filomena. Das ist kein Versprechen, sondern Gewissheit.«

Endlich kommen meine Freundinnen. Wir frühstücken auf dem Balkon, von der sanften Sonne gestreichelt. Francesca ist heute Morgen nicht sehr redselig.

»Na ja, sie war schließlich die halbe Nacht draußen«, verrät Alessandra.

»Ach wirklich?«, fragt Fatima. »Wo warst du denn? Ich habe nichts gehört. Ich war völlig fertig. Nach allem, was ich gegessen hatte, konnte ich mich nicht mehr rühren.«

»So richtig satt scheinst du nicht geworden zu sein, wenn man sieht, wie du dich über diesen Kuchen hermachst«, bemerkt Francesca.

Fatima zeigt ihr den Mittelfinger und bittet Filomena um Entschuldigung, dass sie so unhöflich ist. Filomena lacht herzlich.

»Und, sagen Sie mal, wo waren Sie denn?«, fragt sie Francesca.

»Ich konnte nicht schlafen, weil ihr mir so viel zu trinken gegeben habt. Ich bin ein bisschen an den Strand gegangen, um frische Luft zu holen«, antwortete sie und gießt sich noch einen Kaffee ein.

Alessandra, mütterlich, wie sie ist, ermahnt sie:

»Du bist wirklich unvorsichtig. Du hättest überfallen werden können. Mitten in der Nacht so allein draußen, also wirklich!«

»Wer hat denn gesagt, dass ich allein war?«, sagt Francesca lächelnd.

42

Das Wetter ist so schön, dass wir beschließen, einfach nur den Strand zu genießen. Als wir alle vier im Sand liegen, kommt der Moment, in dem wir Bilanz ziehen.

Wir machen das immer, wenn eine von uns nicht mehr so recht weiß, woran sie ist. Wir haben nämlich erkannt, dass Situationen, die einem sehr schwierig erscheinen, wenn man allein mit ihnen umgehen muss, leichter zu meistern sind, wenn man gemeinsam darüber nachdenkt.

Alessandra beginnt. Sie gibt zu, dass dieser Ausflug ihr enorm gutgetan hat. Ihr ist klargeworden, dass sie in den letzten Wochen dicht am Abgrund stand und Francesca sie in dem Moment, in dem sie herabzustürzen drohte, an der Hand genommen und gedrängt hat, wegzufahren. Sie weiß auch, dass dies keine Lösung ist. Es wird kein Wunder geschehen, sie wird zu Hause denselben Mann und dieselben Probleme vorfinden. Sie hat begriffen, dass sie nicht immer wieder die Flucht ergreifen kann. Dass sie konkrete Lösungen finden und eine Entscheidung über ihre Zukunft als Paar treffen müssen.

»Ich weiß gar nicht mehr, wovor ich überhaupt Angst habe. Eine Scheidung würde mein Leben nicht schlimmer machen. Enzo ist eine Last, die mich überfordert.«

»Liebst du ihn noch?«, fragt Fatima.

»Was ich liebe, ist unsere Familie. Die Kinder auf dem Arm ihres Vaters zu sehen, zusammen Weihnachten zu feiern, nicht allein zu schlafen. Aber ich bin nicht sicher, dass mir das genügt.«

Schweigen.

»Fatima?«

»Hmh?«

»Hast du schon wieder gefurzt, du Miststück?«

Sie leugnet es strikt, aber wir wissen alle, dass sie schuldig ist. Selbst draußen schafft sie es noch, uns zu verpesten. Das ist wirklich krankhaft.

»Du musst dich mal untersuchen lassen«, sagt Francesca, »das muss man behandeln, so kann das nicht weitergehen.«

So sieht unsere Freundschaft aus, wir machen Sprünge von ernsten Gedanken bis zu Furzgeschichten.

Ich würde ihnen auch gern sagen, wie ich mich im Moment fühle. Ich mache es vorsichtig, als liefe ich auf feurigen Kohlen.

»Ich muss zugeben, dass mein Aufenthalt hier viel besser verläuft als gedacht. Ich kam hier an und war voller Zorn. Wütend auf meinen Vater, auf diese Stadt und auch auf mich selbst. Durch Gina habe ich wieder Anschluss an meine Kindheit gefunden. Sie hat es geschafft, mir in Erinnerung zu rufen, warum ich Neapel früher so gernhatte. Diese Stadt braucht Liebe, aber auch Hilfe. Sie ist wie jeder von uns, wir alle haben eine düstere Seite. Die Neapolitaner überdecken ihre Probleme mit Farben, guter Laune, Liedern von Pino Daniele und Essen. Nicht, um sie zu verstecken, sondern, weil sie seit jeher gelernt haben, mit ihnen zu leben. Dadurch ist dieser Ort so komplex, so einzigartig. *Signora* Anna würde sagen: *O'patatern dà il pane a chi nu ten e dienti.* ›Der liebe Gott gibt denen Brot, die keine Zähne haben.‹ Ich habe lange geglaubt, dass man viel Schönes an

Menschen verschenkt, sie aber davon keinen Gebrauch machen und dass das Verschwendung ist. Heute sehe ich die Dinge ein bisschen anders. Es hat mich mit Stolz erfüllt, dass ihr mich besucht habt. Es hat mich gefreut, euch einen Einblick in die Wunder Neapels zu geben. Aber Filomena hat recht, wir müssen wiederkommen, um alles Übrige zu sehen.«

»Was ist mit deinem Vater?«, fragt Francesca.

»Ich habe mich von dem Papa verabschiedet, den ich hatte, als ich klein war. Ich weiß, dass ich ihn nie wiederfinden werde. Aber ich war es mir schuldig, den, der er noch ist, nicht im Stich zu lassen. Wir werden uns nie mehr näherkommen, weil es Dinge gibt, die man nicht verzeihen kann.«

»Man kann Verzeihung gewähren, aber sie muss auch verdient sein. Hat er es verdient?«, fragt mich Fatima vorsichtig.

Ich schüttele den Kopf.

»Nein.«

Ich weine, aber nur ein bisschen. Wir bleiben noch eine Zeitlang liegen. Ich zögere einen Moment, dann wage ich mich vor:

»Ich muss euch noch eins sagen: Ich bin verliebt.«

Weiterhin in den Himmel schauend, spüre ich, wie mich drei Augenpaare anstarren. In diesem Moment höre ich, wie uns jemand ruft. Filomena steht auf ihrem Balkon und winkt.

»Kommt her, Mädels, kommt schnell!«

43

In Berlin geht der Sommer zu Ende. Die Temperaturen sinken, Filomena stellt erschrocken fest, dass ihre Herberge schon fast belegt ist. Alle, die im Freien schlafen, solange das Wetter mild ist, müssen für die nächsten Wochen eine Unterkunft finden.

Sie faltet gerade die frisch gewaschenen Decken, als sie an der Türschwelle ein junges Paar sieht, zögernd und ängstlich. Die Frau trägt ein Baby auf dem Arm und kommt auf sie zu. Der große Mann mit den hohlen Wangen ist verlegen und entschuldigt sich dauernd, während die Frau in schlechtem Deutsch versucht, ihre Lage zu erklären. Filomena versteht nicht alles, aber sie ist Neapolitanerin und redet seit ihrer Geburt mehr mit den Händen als mit Worten, und so begreift sie, worum es geht: Sie brauchen Hilfe. Plötzlich wacht das kleine Mädchen auf und beginnt zu schreien. Da singt die Mutter mit einer Stimme sanft wie Honig ein Lied in ihrer Sprache. Das Weinen hört sofort auf.

Sie bleiben nicht lange, nur einen knappen Monat. Filomena hat selten erlebt, dass jemand mit so viel Entschlossenheit Arbeit suchte wie dieser Mann. Am Tag ihrer Abreise umarmt die Frau sie fest. Diese Umarmung wiegt tausend Worte, tausend Danksagungen auf.

Filomena kann sich noch genau an die beiden erinnern. Sie hießen Nora und Ali.

»Seit gestern Abend denke ich die ganze Zeit an dich, Fatima. Ich hatte den Eindruck, in deinem Blick etwas Bekanntes zu entdecken. Die ganze Nacht habe ich überlegt, was es sein kann. Heute Morgen habe ich auch mit Luna darüber gesprochen, aber mein Kopf ist nicht mehr, was er mal war, und ich verstand nicht, wonach ich eigentlich suchte. Dann ging ich durch den Flur, der in mein Schlafzimmer führt, und da kam es zurück! Nicht eine Sache habe ich wiedergefunden, sondern einen Menschen.«

Sie reicht ihr ein gerahmtes Foto. Eine Frau lächelt in die Kamera. Fatima sieht ihr sehr ähnlich, sie gleichen sich wie zwei Tropfen Wasser. Sie ist ganz durcheinander. Sie starrt auf das Bild, dann sieht sie Filomena an, als suche sie nach einer Antwort.

»Kennst du sie?«, fragt die alte Dame.

Fatima nickt. »Ja, das ist Mama.«

44

Ich verließ meine Freundinnen, völlig überrascht und glücklich, dass Filomena und Fatima sich wiedergetroffen haben, um mit meinem Vater im Krankenhaus zu Mittag zu essen. Inzwischen trägt er keinen Pyjama mehr, sondern einen Jogginganzug, ist rasiert und sieht viel besser aus. Er scheint erfreut, mich zu sehen. Er braucht immer noch ein paar Sekunden, um Worte zu finden, aber seine Sätze sind jeden Tag etwas besser gebaut.

Ich bin noch ganz aufgeregt von den Ereignissen bei Filomena heute Morgen, und da ich das Bedürfnis habe, es jemandem mitzuteilen, berichte ich ihm davon. Er hört mir aufmerksam zu. Für einen Moment fühle ich mich sogar um Jahre zurückversetzt, ein angenehmes Gefühl.

Damals habe ich ihm so gern meine Erlebnisse erzählt, mit jeder Menge Details, damit unser Zusammensein länger dauerte. Ich hatte nie das Gefühl, ihn zu ermüden oder zu stören, im Gegenteil, er schien sich für meine Abenteuer zu interessieren, merkte sich meine Geschichten und sagte seine Meinung dazu. Wenn ich traurig, enttäuscht oder wütend war, zeigte er mir, wie ich daraus lernen oder darin etwas Positives sehen konnte. Mein Papa war eine Art lebendes Tagebuch. Er hatte für seine kleine Tochter immer Zeit. Vielleicht habe ich aus Dankbarkeit beschlossen, ihm etwas von meiner Zeit zu schenken, auch wenn ich weiß, dass es zwischen uns nie mehr wie früher sein wird. Ich habe heute kein Vertrauen mehr in diesen Mann und achte ihn auch nicht mehr. Aber es gibt noch gute Erinnerungen an vergangene Zeiten.

Er scheint meine Gedanken zu lesen.

»Du kannst mit deinen Freundinnen nach Mailand zurückfahren. Mir ... geht es ganz gut.«

»Auf ein paar Tage kommt es nicht an. Ich fahre wieder, wenn du aus dem Krankenhaus kommst.«

»Du musst nicht bleiben.«

»Das weiß ich.«

»Jetzt beklagen Sie sich doch nicht, dass Ihre Tochter bei Ihnen ist. Das ist ja die Höhe!«, mischt sich die Nachbarin ein.

Ich sehe, wie mein Vater sich konzentriert, sie ansieht und ihr dann antwortet:

»*A vocca 'nchiusa nu traseno mosche!*«

Er hat es fließend und ganz ohne Stottern ausgesprochen.

»Wenn man den Mund geschlossen hält, kommen keine Fliegen herein.« Eine freundlichere Version von »Halt besser die Schnauze!«.

Signora Anna entgegnet nichts. Sie und mein Vater werfen sich feindselige Blicke zu, mal sehen, wer zuerst die Augen senkt, es kann bis dahin allerdings noch eine Weile dauern. Pasquale hat Mühe, sich ein Lachen zu verkneifen.

Die Pflegehelferin bringt das Essen und die Lage entspannt sich ein bisschen. Zur Verbesserung der Sitten ist nichts so gut geeignet wie Essen. Seit die Ärzte Anna verboten haben, ihrem Mann Selbstgekochtes mitzubringen, zwingt sie ihn, die Mahlzeit ganz aufzuessen. Es fehlt nur, dass sie ihm auch noch das Besteck verfüttert. Der arme Mann, der zwar wieder sprechen kann, aber seine Körperbeherrschung noch nicht wiedergewonnen hat, erträgt es, da er sich nicht wehren kann. Nach jedem Bissen sagt er *basta*, genug, aber Anna, die sonst ein so gutes Gehör hat, scheint plötzlich taub zu sein.

»Geh zu deinen Freundinnen«, sagt mein Vater, »ich ... *siesta*.«

Ich schlage ihm vor, mich bis zum Aufzug zu begleiten, damit er sich ein bisschen bewegt und wir ohne neugierige Ohren reden können. Ich reiche ihm den Arm, er stützt sich darauf und wir gehen aus dem Zimmer. Als wir draußen sind, bleibt mein Vater stehen und sieht mich lange an. Ich weiß, was er möchte. Er sucht nach einer Gelegenheit, mir etwas zu sagen. Er nimmt meine Hand und küsst sie.

»Meine Tochter«, flüstert er, »jetzt habe ich fürs Erste überlebt, jedenfalls die Mafia und den Tumor. Meine Chancen waren gering. Es ist vermutlich passiert, damit wir uns hier treffen können. Damit ich dir endlich sagen kann, wie sehr ich dich liebe und dass du mir fehlst.«

Es dauert fast eine Stunde, bis wir am Aufzug ankommen. Wir gehen durch die Krankenhausflure und mein Vater erzählt mir, wie es zu der Zusammenarbeit mit der Camorra gekommen ist. Er sagt, dass er es nicht mehr ertrug, im Elend zu leben, aber dass dies nicht der Hauptgrund für sein Handeln war. Was ihn zur Camorra gebracht hatte, war Angst.

Sehr oft kommen Drogenladungen über das Meer. Sie hatten ihn im Hafen ausfindig gemacht. Sein Arbeitsplatz und seine Nachtdienste machten aus ihm den idealen Verbündeten. Als er ihr erstes Angebot ablehnte, fingen sie an, ihn zu bedrohen. Er fürchtete, dass sie sich über seine Familie hermachen oder ihn töten könnten, so dass wir allein und schutzlos blieben. Diese Angst war stärker als seine Moral. Er gibt zu, dass er sich danach an seine Einkünfte und den neuen Lebensstil gewöhnt hat. Dass es ihn blind gemacht hat. Er fand nichts Schlechtes mehr daran, aus seiner Lage Nutzen zu ziehen. Er vertraut mir an, dass er über unseren Weggang todunglücklich und zugleich erleichtert war. So brauchte er sich keine Sorgen mehr um uns zu machen. Dafür musste er die Strafe hinnehmen, allein in einem goldenen Käfig zu wohnen.

»Ich habe erkannt, dass der Blick auf das Meer keinen Sinn hatte, wenn du nicht da warst, um ihn mit mir zu teilen.«

Auch heute, wo seine Aufgabe innerhalb der Organisation durch sein Rentnerdasein offiziell zu Ende ist, ist er noch kein freier Mann. Er weiß, dass er weiterhin beobachtet wird.

»Solche Entscheidungen kann man nicht mehr rückgängig machen. Es gäbe nur eins, weit weg zu fliehen, damit sie mich nie mehr finden.«

»Du hast mir beigebracht, dass man in allen Situationen etwas Positives entdecken kann. Mach dich auf die Suche danach.«

45

Ich treffe die Freundinnen im Herzen der Stadt, wo wir die letzten Stunden gemeinsam verbringen und durch die Straßen schlendern. Sie kaufen sich Souvenirs. Die Neapolitaner sind sehr abergläubisch und in den Läden gibt es jede Menge Talismane gegen den bösen Blick. Ich schenke allen Freundinnen einen *curniciello* – eine rote Peperoni –, die ihnen Glück bringen soll. Alessandra versucht die neapolitanischen Sätze auf Schildern und Postkarten zu lesen. Ich mache mich über ihre merkwürdige Aussprache lustig:

»*Chi vo 'o mal i chesta casa, adda crepà prima ca trase*«, liest sie auf einem Magneten. »Was bedeutet das?«

»Wer diesem Haus übelwill, muss sterben, bevor er eintritt.«

»Das ist zwar sehr streng, aber richtig. Perfekt für meine neue Wohnung.«

Fatima kauft sich eine *pizza fritta*, obwohl erst Nachmittag ist und sie mir erzählt hat, beim Frühstück gegessen zu haben wie ein Scheunendrescher.

»Morgen mache ich wieder Sport«, sagt sie mit vollem Mund, um sich zu rechtfertigen.

»Iss doch ruhig! Genieß es und hab nicht dauernd ein schlechtes Gewissen wegen deiner Diäten. Man ist nicht jeden Tag in Neapel! Das sage ich dir nicht als Freundin, sondern als Ärztin«, ermuntert Francesca sie.

Sie stößt damit nicht auf taube Ohren. Fatima kauft sich noch ein Eis, und diesmal machen wir mit. Wir essen es bei der *Fontana del Gigante* – einem riesigen Brunnen, der auch *Fontana dell'Immacolatella* genannt wird und nicht weit vom *Castel dell'Ovo* entfernt liegt. Francesca fotografiert das Monument aus allen Winkeln und ich erzähle ihnen eine Anekdote, die man in Broschüren für Touristen nicht findet. Der Brunnen kommt in einer Episode von *Tom und Jerry* vor. Als ich klein war, liebte ich diese Zeichentrickserie und weiß noch, wie überrascht ich war, als plötzlich mein Brunnen darin auftauchte. Ich finde den Ausschnitt gleich auf YouTube und freue mich, dass meine Geschichte ihre Wirkung hat.

Die Zeit des Abschieds naht, und auch wenn ich weiß, dass ich sie bald wiedersehe, fällt er mir schwer. Diese Stadt ist mit ihnen noch viel schöner.

Wir machen einen Abschiedsbesuch bei Filomena, die meinen Freundinnen ein paar Köstlichkeiten zubereitet hat: *frittata di spaghetti, polpette,* Zitronenkuchen, geschältes und geschnittenes Obst ... Wenn sie alles bis zu ihrer Ankunft in Mailand gegessen haben sollen, müsste die Fahrt Tage dauern.

»So kauft ihr euch wenigstens keine überteuerten, schlechten Sandwiches an der Tankstelle«, erklärt sie. »Ich habe auch eine Thermoskanne mit Kaffee für euch.«

Fatima wird gleich vor Freude losheulen. Sie umarmt die alte Dame fest.

»Bitte adoptieren Sie mich!«

Alle sitzen im Auto und es ist Zeit loszufahren. Ich ermahne sie, auf der Straße vorsichtig zu fahren, und sie versprechen, mir Nachrichten zu schicken und mich auf dem Laufenden zu halten.

»Dachtest du vielleicht, wir würden fahren, ohne dass du uns deine Geschichte zu Ende erzählst?«

Ich tue, als verstünde ich sie nicht. Ich bin nicht mehr so mutig wie heute Morgen, und meine Beine beginnen zu zittern.

»Was meint ihr denn?«

»Wer ist denn nun dein Liebster?«

Der Moment ist gekommen.

Ich weiß, dass sie mich nicht verurteilen werden; ich weiß, dass sie es verstehen werden; ich weiß, dass sie sich für mich freuen werden.

»Es ist eine Liebste.«

Jetzt ist es heraus. Ich hole tief Luft, und dann gehe ich zu ihr und küsse sie.

Sie hat mich geküsst.

Ich war erstaunt, und mein erster Reflex war, sie ebenfalls zu küssen. Es wieder zu schmecken. Ich hatte den Eindruck, einen neuen Geschmack zu entdecken, mein neues Lieblingseis.

Wieso habe ich es nicht früher entdeckt? Es war da, ich hatte es vor Augen. Ich möchte davon jeden Tag kosten, vom Frühstück bis zum Abendessen. Ich möchte krank davon werden, versprechen, es nie mehr anzurühren, und wieder anfangen und noch abhängiger werden als vorher.

Ich habe mich schlagartig in jemanden verliebt, den ich schon seit langem kenne. Ich wusste nicht, dass es möglich war. Es war wie ein Blitz, der zu spät eingeschlagen ist. Vielleicht hat das mit der Geschwindigkeit des Lichts und des Schalls zu tun. Ich habe den Blitz gesehen, bevor ich ihn gehört habe.

Seit Monaten treffen wir uns jeden Montagabend. Wir gehen zu einer Sportgruppe, zu der sie mich mitgenommen hat und die mehr als alles andere ein Vorwand ist, uns zu sehen. Wenn wir unsere Muskeln trainiert haben, kaufen wir uns ein Essen zum Mitnehmen, gehen zu ihr oder zu mir nach Hause, trinken ein Glas Wein und sehen unsere Lieblingsserie. Stundenlang reden wir miteinander.

Ich hätte nie gedacht, dass sie mehr sein könnte als meine beste Freundin. Meine Vertraute, der ich mich so nah fühle wie niemandem sonst, mit der ich übereinstimme, am meisten gemeinsam habe. Mir war es nie in den Sinn gekommen, weil ich überzeugt war, mich würde wie die meisten Frauen das andere Geschlecht anziehen.

Dieser Kuss hat alles in Frage gestellt. Alles umgeworfen. Einen Weg zurück gibt es nicht. Sie hat mir ihre Liebe gestanden, die seit Monaten wächst. Auch ihre Angst, mich für immer zu verlieren. Sie hat mir die Haare gestreichelt und geweint, weil sie es endlich gewagt hatte. Sie wirkte erleichtert und erschien mir noch schöner als sonst. Oder hat sich mein Blick gewandelt? Waren ihre Augen immer so grün? Ihre Haut so sanft? Ihr Mund so vollkommen?

Als ich in der Lage war, etwas zu sagen, habe ich ihr anvertraut, dass ich zugleich erschrocken und glücklich über das war, was ich empfand. Und ich glaube, deutlicher habe ich meine Gefühle noch nie zum Ausdruck gebracht.

Sie hat vor mir andere Frauen geliebt. Ich bin nicht sicher, dass ich weiß, wie es geht.

Und die anderen, was werden die anderen denken?

Ich lasse sie erstmal außen vor, ich will den Augenblick genießen.

Francesca hat mich wieder geküsst. Es ist die erste Nacht meines künftigen Lebens.

46

Francesca: Wir sind gut angekommen. Acht lange Stunden musste ich ihr Verhör über mich ergehen lassen. Und ich musste es auch noch ganz allein durchstehen!
Fatima: Wir haben es gemacht, damit du während der Fahrt wach bleibst.
Alessandra: Ich konnte nicht aufhören zu weinen. Ich freue mich so sehr für euch! MEINE BEIDEN BESTEN FREUN-DINNEN SIND ZUSAMMEN! DAVON ERHOLE ICH MICH NIE, ICH KANN ES NICHT GLAUBEN, ES IST ZU GEIL!
Luna: Titel.

In dieser Nacht habe ich kein Auge zugetan. Ich habe immer wieder das Gesicht der Freundinnen vor mir gesehen, als ich Francesca geküsst habe. Wie gern hätte ich sie gefilmt! Fatima blieb der Mund offen stehen, Alessandra traten die Augen aus dem Kopf. Nachdem ihre Verblüffung vorüber war, schienen sie ehrlich froh für uns. Fatima hat ständig wiederholt: »Aber natürlich, das war doch offensichtlich, es gibt keine zwei Menschen, die so gut zueinander passen wie ihr!« Alessandra ist schon mit der Planung unserer Hochzeit beschäftigt.

Den Freundinnen unsere Beziehung zu offenbaren, war noch das einfachste. Ich hatte vor ihrer Reaktion keine Angst, doch ich fürchtete, sie könnten uns vorwerfen, ihnen die Sache so lange verheimlicht zu haben, und fragte mich, was aus unserer so vertrauten Gruppe würde, wenn es zwischen Francesca und mir nicht funktionieren würde. Ich war mir zwar meiner Gefühle nie so sicher gewesen, aber man muss diese Möglichkeit ja immer in Betracht ziehen.

Francesca hatte Geduld. Schon vom ersten Tag an hätte sie unsere Liebe den anderen gern offenbart, aber sie versprach mir, dass wir es erst tun würden, wenn ich dazu bereit wäre. Als sie dann merkte, dass ich so weit war, war sie genauso überrascht wie die beiden anderen.

Filomena muss gespürt haben, wie aufgeregt ich war, denn sie starrte mich einen Teil der Nacht an, dann sprang sie auf das Sofa und legte sich – oh Wunder – auf meine Knie. Ich wage nicht mehr, mich zu bewegen, atme nur vorsichtig. Ich würde sie gern streicheln, aber etwas hindert mich daran, es zu probieren. Sicher ist es Angst. Ist es wirklich Zuneigung ihrerseits oder hat sie gemerkt, dass ich dringend zur Toilette muss? Dann wäre das nur ihre x-te Strategie, um mich zu nerven. Da ich Zweifel habe, ignoriere ich meine Blase und genieße den Augenblick.

Gina erscheint, taktvoll wie immer.

»Warum bist du so leichenblass?«

»Guten Tag, liebe Cousine.«

»Du siehst aus, als hätte man dich in den Mixer gesteckt.«

Wie seltsam, aber ich habe den Eindruck, dass die Katze meines Vaters grinst.

Ich sehe, wie Gina sich in einen Orkan verwandelt. Auch ihr würde ich gern sagen, wie es um Francesca und mich steht, würde mich ihr gern anvertrauen wie früher.

Aber plötzlich kommen Erinnerungen an die Oberfläche. Ich denke an Marco, einen Klassenkameraden, über den sich alle in der Schule lustig machten, auch wir beide, wie er so unmännlich wirkte und für einen Jungen zu sensibel. Jahrelang nannten wir ihn »kleiner Homo«. Sogar in Gegenwart der Lehrer, die, nachdem sie uns ein paarmal ermahnt hatten, den Gedanken, ihn zu verteidigen, völlig aufgegeben hatten. Marco brach oft in Tränen aus, unser Sarkasmus machte ihn fertig. Mir war bewusst, dass ich schlecht handelte, aber ich habe ihn nie verteidigt und sogar beim Mobbing mitgemacht. Ich weiß noch, dass ich mir sagte, an seiner Stelle würde ich alles tun, um mich zu ändern, damit man mich in Ruhe lässt.

Als ich älter wurde, habe ich glücklicherweise dazugelernt, verstanden, dass man gar keine Wahl hat, es bloß verdrängen kann.

Jetzt bin ich an Marcos Stelle. Und ich habe nicht die geringste Lust, sie zu verlassen, trotz allem.

Ob Gina die gleiche Erkenntnis hatte wie ich? Ich hoffe es, aber ich bin mir nicht sicher. Und ich fürchte mich vor ihrer Reaktion. Sie würde wahrscheinlich lachen, denken, dass es ein Witz ist. Oder sie würde entgegnen, dass das wieder so eine modische Marotte aus Mailand ist. Als handele es sich um ein Paar modischer Schuhe, dem ich verfallen wäre. Am schlimmsten wäre ihre Ablehnung. Aber ich glaube, dazu hat sie mich zu gern.

Ich kann mir keine positive Reaktion ihrerseits vorstellen, und sicher unterschätze ich sie wieder mal. Also beschließe ich, meine Furcht zu überwinden.

»Gina, ich muss dir etwas sagen.«

»Das passt gut, ich nämlich auch.«

»Ach ja? Okay, na, dann fang du an.«

»Was hast du deinem Vater gesagt?«

»Wovon redest du?«

»Er hat gestern Abend lange mit meinem Vater telefoniert. Papa wollte mir nicht erzählen, was genau *zio* Ciro ihm gesagt hat, aber er hat mir gestanden, zum ersten Mal seit langem hätte er das Gefühl gehabt, seinen verlorenen Bruder wiederzufinden. Und er hat noch hinzugefügt, wenn *zio* ihn nicht belogen hat, dann würde er zu dem Chirurgen gehen, der ihn operiert hat, und ihm persönlich danken, denn, ich sage es wörtlich: ›Sie haben in seinem Kopf sicher irgendwas neu verdrahtet.‹«

Ich muss lächeln.

»Das ist doch sehr positiv, oder?«

»Das glaubst du. Ich habe nur eine Angst, nämlich, dass er diese Wohnung verkauft. Ich weiß, dass du sie hasst. Wenn er auf dich hört, hat das keinerlei Einfluss auf dein Leben, aber ich verliere meinen Job. Wie soll ich es dann mit meinen drei Kindern schaffen? Fällt dir da was ein?«

Ich versuche, sie zu beruhigen. Mein Vater habe davon nie gesprochen. Selbst wenn es eines Tages passieren sollte, sei ich sicher, dass sie wieder Arbeit findet.

»So gut bezahlt? Unter solchen Bedingungen? Ich weiß nicht, in welcher Welt du lebst, aber ich glaube, du träumst. Hier rauft man sich die Haare, es gibt keine Arbeit. Das ist alles sehr schwierig hier, Luna!«

»Gina, du bist jung, du kannst so viele verschiedene Sachen, um dich mache ich mir keine Sorgen. Außerdem vermutest du das ja alles nur. Ich habe meinem Vater nichts gesagt. Ich habe damit nichts zu tun. Er ist erwachsen und er trifft seine Entscheidungen schon seit langem selbst.«

»Wenn du eine Familie zu ernähren hast, wirst du es vielleicht verstehen.«

»Ich werde dir helfen. Ich lasse dich nicht im Stich.«

Sie lächelt mir zu und streichelt mir über die Wange.

»Ach, Luna *chiara*, wenn doch alles nur so einfach wäre wie die Spiele in unserer Kindheit.«

47

Auf dem Weg ins Krankenhaus denke ich über den Satz nach, den meine Cousine ständig wiederholt hat: »Wenn du mal Kinder hast, dann wirst du schon sehen.«

Würde ich es gern sehen? Würde ich es gern wissen? Das Zusammenleben mit Francesca macht die Lage nicht einfacher. Hier in Italien gibt es keine Ehe zwischen Menschen gleichen Geschlechts, nur einen Vertrag zwischen Partnern. Es gibt auch keine Adoption – wenn einer der beiden Partner ein Kind hat oder eins adoptiert, kann der andere es nicht auch adoptieren. Es gibt noch viel zu tun, das wusste ich schon, aber dies wird mir heute noch mehr bewusst.

Seit Beginn unserer Beziehung will Francesca auf nichts verzichten. Weder auf eine Hochzeit noch auf die Mutterschaft und auch nicht darauf, weder Mutter noch verheiratet zu sein. Oft sagt sie, wir seien frei, das Wichtigste sei, dass wir zusammen sind, und wir hätten viel Zeit, über die Zukunft nachzudenken. Ich hätte gerne ihre Kraft, denn ich habe den Eindruck, dass sie sich vor nichts fürchtet. Sie sagt, ich täusche mich, sie hätte vor vielem Angst: vor Leuten, die nicht gut riechen, vor Spinnen und davor, mich zu verlieren.

Als ich komme, sitzt *signora* Anna auf ihrem Stuhl und weint. Ihr Mann streichelt ihr das Haar. Bevor ich sie kannte, hätte ich nicht gewagt zu fragen, was los ist, aber heute werde ich es machen wie sie: mich in etwas einmischen, das mich nichts angeht.

»Kann ich etwas für Sie tun, *signora*? Möchten Sie ein Glas Wasser?«

»Ach, das ist nett, gerne.«

Sie trinkt es in einem Zug und weint weiter.

»Was ist los?«

»Kummer mit meinem Sohn, er lässt sich scheiden!«, sagt sie zwischen zwei Schluchzern.

»Das tut mir leid.«

»Ich habe immer gewusst, dass sie ein Biest ist! Ich hatte ihn von Anfang an gewarnt. Sie war viel zu freundlich, viel zu liebenswürdig, das war nicht echt! Ich habe immer wieder gesagt: *Chi t vol chiu ben i mamma t 'nganna!*«

»Wer dich mehr liebt als deine Mutter, der täuscht dich.«

»Aber er wollte nicht auf mich hören. Und jetzt ist er zweiundvierzig, hat Kinder und lässt sich scheiden. Er weiß nicht mal, wie man ein Ei kocht. Wie soll er das schaffen?«

Ich traue mich nicht zu sagen, dass das Problem vielleicht auch mit ihrem Sohn zu tun hat und nicht nur mit seiner Frau. Ich kann verstehen, dass sie sich neben den drei Kindern nicht auch noch einen Typ aufhalsen will, der nicht mal kochen kann.

Mein Vater verkündet, dass er morgen entlassen wird; in ein paar Monaten muss er ein Kontroll-MRT machen, sein Leben lang Medikamente nehmen und hoffen, dass der Tumor nicht wieder wächst.

Die Nachbarin fängt erneut an zu weinen.

»Und dann fährst du auch noch weg! Mein Pasquale und ich werden hier ganz allein sein!«

»Es gibt bestimmt neue Nachbarn.«

»Aber sie werden nicht so nett sein wie du!«

»Sie sind sehr lieb.«

»Aber wahrscheinlich netter als dein Vater ...« Endlich lächelt sie.

»Sie werden mir auch fehlen. Ich gebe Ihnen meine Nummer, damit Sie mir sagen können, wie es Ihnen geht, okay?«

»Ja, und ich schicke Ihnen Bilder von der Madonna, wie ich es jeden Tag bei meinen Kindern mache, damit sie sie schützt.«

Das mit der Nummer bereue ich schon ein bisschen.

Bei unserem täglichen Spaziergang fragt mein Vater, ob es in meinem Leben jemanden gibt.

»Ja.«

»Bist du glücklich?«

»Ja, ich war es noch nie so sehr.«

»Dann ist es der richtige Mensch. So war es auch bei mir und deiner Mutter.«

»Hast du schon mal überlegt, neu anzufangen?«

»Ich habe Filomena«, sagt er lächelnd.

»Du bist noch jung, es wird vielleicht noch Veränderungen geben. Aber du musst dich dann von deiner Katze trennen, weil sie nie jemand anderen akzeptieren wird.«

Wir erreichen den kleinen Innenhof des Krankenhauses und setzen uns auf eine schon halb zerbrochene Bank. In Pompeji habe ich besser erhaltene Bänke gesehen.

»*Papà?*«

»Ja.«

»Warum lächelst du?«

»Weil es das schönste Wort der Welt ist und ich dachte, ich würde nie mehr das Glück haben, es zu hören.«

48

Es ist mein letzter Abend allein in Neapel. Meine Staffelei ist leer, das Bild *Die Frau am Strand* habe ich nach Mailand geschickt, meine Mutter hat es in der Galerie ausgestellt. Filomena liegt auf meinem Schal. Ich glaube, den kann ich vergessen, sie wird ihn mir nicht zurückgeben. Die Nacht ist ruhig, nur das Geräusch des Meeres bestimmt den Rhythmus einer Stadt, die nie wirklich schläft.

Ich habe meinem Vater von Francesca und mir erzählt, er schien nicht überrascht zu sein. Er hat sich gefreut, dass sie Ärztin ist.

»So bist du immer in guten Händen, das beruhigt mich sehr.«

Das stimmt mich heiter. Ich habe noch viele Fragen, die Zukunft ist immer noch unklar, aber ich habe auch Antworten gefunden, die Lichtblicke versprechen. Bevor ich hierherkam, hatte ich zu Francesca gesagt, eine Zeitlang weg von ihr und Mailand zu sein würde mir Gelegenheit geben, über unsere Beziehung nachzudenken. Ich hatte den Eindruck, dass sie schneller war als ich, und war mir nicht sicher, ob ich ihrem Rhythmus folgen konnte. Sie war sich sicher, dass wir zusammengehören, und das vom ersten Augenblick an. Etwas in mir flüsterte mir zu, dass sie recht hat, aber ich musste erst Gewissheit haben. Sie hat mir vom ersten Tag an gefehlt. Ihre Stimme, ihre Haut, ihr Geruch. Alle ihre Botschaften wirkten auf meinen Körper wie ein elektrischer Schlag. Ich hatte Zweifel gehabt, weil sie eine Frau ist, aber ich habe gelernt, dass man sich in erster Linie in einen Menschen verliebt.

»Hallo?«

»Habe ich dich geweckt?«

»Nein, Luna, ich dachte gerade an dich.«

»Ich auch an dich. Ich komme bald nach Hause. Mein Vater wird morgen entlassen.«

»Ich hole dich vom Flughafen ab.«

»Fra', ich wünsche mir, dass du auf jedem Bahnsteig, an jedem Flughafen, am Ende jeder Straße der Welt bist. Weil ich dich liebe, da bin ich sicher, Neapel hat es mir beigebracht.«

Ich beschließe, schlafen zu gehen. Gerade als ich die Augen schließen will, leuchtet mein Display auf. Ich erkenne die Worte des Liedes von Gianni Togni:

A maggio vedrai che mi sposerai, Luna.

»Im Mai wirst du sehen, dass du mich heiratest, Luna.«

49

Ich hatte keine Zeit mehr, *signora* Anna auf Wiedersehen zu sagen. Heute Nacht ist Pasquale, ihr Mann, gestorben. Ich habe es erfahren, als ich ins Krankenhaus kam. Mein Vater hatte seine Koffer schon gepackt und seine Augen waren gerötet. Das Bett neben ihm war leer.

»Er hatte einen Herzinfarkt«, erklärt er.

Ich stelle mir *signora* Annas Leben mit gebrochenem Herzen vor und mir kommen die Tränen. Wie kann man leben, wenn man zur Hälfte amputiert worden ist? Mein Vater erzählt mir, dass sie nicht bei ihm war, weil ihre Kinder verlangt hatten, dass sie alle zwei Nächte zu Hause schläft, um sich zu erholen. Doppelter Schmerz. Mir fällt ein, dass ich ihre Telefonnummer habe. Ich schicke ihr ein paar Worte, um mein Beileid auszudrücken.

Die Augen der freundlichen Krankenschwester, bei der wir die Entlassungspapiere unterschreiben, verraten ihre Trauer über den Tod von Pasquale und den Abschied von diesem Paar, das etwas Sonne auf die Station brachte.

»Man gewöhnt sich nie daran«, sagt sie, »es ist immer gleich schwer. Das Leiden, die Leere, die unsere Patienten zurücklassen, wenn sie gehen ... Diesen Kummer kann kein Arzt und kein Krankenhaus heilen. Man fühlt sich so ohnmächtig.«

Ich danke ihr für alles, was sie für meinen Vater während seines Aufenthalts getan hat. Manchmal neigt man dazu, all dies selbstverständlich zu nehmen. Ich sage ihr, wie sehr sie mit ihrer Sanftheit und Freundlichkeit auch mir geholfen hat. Dann reiche ich ihr schüchtern das Porträt, das ich von ihr gezeichnet habe. Sie nimmt mich fest in die Arme, und ich erwidere ihre Geste. Während wir unsere Tränen abwischen, sage ich, dass *signora* Anna jetzt sicher das passende Sprichwort gefunden hätte.

»*'O bbene tanto se canòsce quanno se perde*«, sagt mein Vater.

»Das Gute erkennt man erst, wenn man es verliert.«

50

Als wir im Palazzo Donn'Anna ankommen, empfängt uns ein Komitee. Gina, Filomena und Filomena haben für die Rückkehr meines Vaters ein Fest vorbereitet. Ich bin ihnen dankbar dafür, dass sie für ihn da sind. Auch wenn ich ihm seine Entscheidungen nie verzeihe, würde ich mir doch nicht wünschen, dass er in Neapel allein ist, wenn ich wieder nach Mailand fahre.

Gina hat so viel gekocht, dass man damit eine ganze Armee ernähren könnte. Filomena hat Kuchen gebacken, und ich dachte, die Katze würde einen Schlaganfall bekommen, als sie ihr Herrchen wiedersieht. In diesem Zustand hatte ich sie noch nie gesehen. Sie hat gleich wieder angefangen, mich böse anzustarren und zu fauchen, als ich ihr zu nahe kam. Unsere Annäherung war nur ein teuflisches Kalkül ihrerseits. Sie muss gedacht haben, wenn mein Vater nicht wiederkäme, müsste sie sich mit meiner Gegenwart abfinden. Aber seit ihr Herrchen wieder da ist, muss sie mich nicht mehr besänftigen. Ein unglaubliches Miststück. Und intelligent dazu.

»*Zio*, du isst ja gar nichts!«, sagt Gina beunruhigt.

»Das ist normal, er braucht etwas Zeit, um sich wieder an alles zu gewöhnen«, sagt die alte Dame. »Sie müssen sich noch schonen, Ciro!«

Ich kündige meine morgige Abreise an. Ich weiß nicht, wer von den dreien am traurigsten ist. Mir versetzt es auch einen kleinen Stich. Ich würde meine Cousine gern regelmäßig sehen und mit Filomena in Verbindung bleiben.

Fatima hat sie am Vorabend lange angerufen. Sie hat mit ihrer Mutter gesprochen, und sie haben beschlossen, Mitglieder in Filomenas Verein in Deutschland zu werden. Nora und Ali möchten jetzt auch gern Menschen helfen, die Unterstützung brauchen.

»Das kommt durch dich«, sagt sie zu mir.

»Durch mich? Ich habe doch gar nichts getan, das ist alles durch Sie gekommen.«

»Du warst ein wichtiges Verbindungsstück. Du hättest eine einsame alte Dame ignorieren können, aber das hast du nicht. Ohne dich hätte ich Fatima nie wiedergesehen. Ciro, Sie haben eine großartige Tochter, aber sie muss langsam anfangen, sich dessen bewusst zu werden.«

Während mein Vater sich ausruht, gehen Gina und ich hinunter zum Strand.

»Du wirst mir fehlen, Luna *chiara*.«

»Du mir auch, aber ich komme wieder.«

»Das hast du beim letzten Mal auch gesagt.«

»Beim letzten Mal hatte ich etwas zu Schweres im Gepäck: meine Wut. Diesmal lasse ich sie hier, ich brauche sie nicht mehr. Neapel hat mir geholfen, alles besser zu verstehen. Ich wollte dir noch etwas über mein Gefühlsleben sagen …«

Ihre Augen leuchten, und auch wenn ich Angst habe, dass sie gleich, wenn sie die ganze Geschichte erfährt, wieder trüb werden, wage ich mich vor.

»Ich bin in Francesca verliebt, mit ihr will ich mein Leben teilen.«

»Luna, ich war nicht lange auf der Schule, aber ich bin nicht dumm. Ich habe sofort erkannt, dass ihr euch liebt.«

»Woran hast du das gemerkt?«

»Ich kenne dich, aber so hatte ich dich noch nie gesehen. Wenn du ihr beim Reden zuhörst, hast du ein Lächeln so schön wie nie zuvor. Sie verschlang dich mit den Augen. Man musste schon blind sein, um das nicht zu merken.«

Ich erröte.

»Stört es dich nicht?«

»Was?«

»Dass ich eine Frau liebe.«

»Stört es dich, dass ich einen Blonden liebe?«

»Ja, er ist wirklich sehr blond.«

Wir brechen in Lachen aus. Wie konnte ich nur so lange auf meine Cousine verzichten?

Am Abend, als ich schlafen gehen will, höre ich meinen Vater rufen. Er sitzt auf dem Balkon in einem Sessel.

»Sieh mal«, sagt er.

Der Vollmond scheint auf dem Vesuv zu sitzen wie eine Kristallkugel auf ihrem Sockel. Er hat die Wolken von allen Seiten des Kraters vertrieben, um sich in seiner ganzen Schönheit zu zeigen. Er strahlt mächtig und stark und erhellt mit seinem Licht ganz Neapel. Ein atemberaubendes Schauspiel. Mir läuft eine Träne herunter, mein Vater drückt mir die Hand.

»Das wäre ein schönes Gemälde, Luna.«

Epilog

Nun c'è sabbato senza sole, nun c'è femmena senz'amore.
»Es gibt keinen Samstag ohne Sonne und keine Frau ohne Liebe.«

Ich lese mein morgendliches Sprichwort wie beinahe jeden Tag seit einem Jahr. *Signora* Anna ist von ihrem Kummer nicht geheilt, aber sie kommt ganz langsam wieder auf die Beine. Sie hat nicht vergessen, dass heute ein großer Tag für mich ist, und das rührt mich sehr.

Mein Vater hat die Wohnung im Palazzo Donn'Anna einen Monat nach meiner Abreise aus Neapel an Filomena verkauft. Sie hat dort eine Gästewohnung eingerichtet, in der sie – mit Hilfe meiner Cousine, die sie angestellt hat – das ganze Jahr über Touristen aus der ganzen Welt empfängt. Die Sache war von Anfang an erfolgreich. Dank der wunderbaren Aussicht, ihrer Küche und ihrer guten Laune ist die Wohnung schon Monate im Voraus ausgebucht. Vor Einsamkeit braucht sich die alte Dame jetzt nicht mehr zu fürchten.

Gina fungiert manchmal auch als Fremdenführerin für Leute, die das »wahre Neapel« kennenlernen wollen, wie sie es nennt.

Die Katze Filomena hat immer noch nicht abgenommen. Sie hat gelernt, dass es reicht, so zu tun, als sei sie nett, um von den Gästen jede Menge Leckerbissen zu bekommen.

Im Januar habe ich in der Altstadt von Neapel eine Galerie eröffnet. Meine Freundinnen hatten mich auf die Idee gebracht, als sie mein erstes Bild vom Vesuv sahen.

»Diese Schönheit darf ihre Stadt nicht verlassen«, haben sie gesagt. »So hast du auch eine gute Gelegenheit, dort immer wieder zu sein, und wir natürlich auch.«

Ich habe jetzt keine Angst mehr und war schon unzählige Male dort. Mama war etwas unruhig, weil ich nicht mehr so oft in ihrer Nähe war, aber dann hat sie mir den Segen gegeben, den ich brauche, um vollkommen glücklich zu sein.

Letzten Monat haben wir Alessandras Scheidung gefeiert – in ihrer neuen Wohnung, in die sie befreit von der Last ihres Ehemanns eingezogen ist. Außerdem feierten wir die Einweihung der ersten Obdachlosenunterkunft von Fatima. Filomena ist aus diesem Anlass nach Mailand gekommen, und als sie Nora wiedersah, sind alle in Tränen ausgebrochen.

Es ist unglaublich festzustellen, wie sehr ein einziges Wochenende das Leben von uns allen verändert hat. Manchmal reihen sich alle Planeten aneinander. Für uns haben sie das in Neapel getan.

Ich weiß nicht, wo mein Vater ist. Von Zeit zu Zeit erhalte ich eine Mail. Er schreibt, dass es ihm gut geht und er an mich denkt. Von meinem Onkel habe ich gehört, dass er einen großen Teil des Kauferlöses der Wohnung an eine Organisation gespendet hat, die sich Opfern der Camorra widmet.

»Das wird zwar nichts wiedergutmachen«, hat *zio* Gerardo mir gesagt, »aber es ist die beste Entscheidung, die er seit langem getroffen hat.«

Bald wird die Sonne untergehen und ich habe das schönste Kleid meines Lebens angezogen. Ich werfe einen Blick nach draußen, bevor ich zum Strand gehe und unsere Gäste und meine künftige Frau treffe. Francesca ist schon unten, schöner denn je. Ich könnte stundenlang stehen bleiben und sie anschauen. Sie sieht mich und winkt mir zu.

Sie hatte recht: Im Mai würde ich sie heiraten.

»Luna, komm schnell, wir müssen los!«

Meine Cousine reicht mir den Strauß. Sie ist völlig gestresst und fragt:

»Wie schaffst du es nur, so ruhig zu sein?«

Ich küsse sie auf die Stirn.

»Weil ich die richtige Wahl getroffen habe, und weil die Wolken endlich weg sind.«

Dank

Januar 2021

»Dieses Mal schaffe ich es nicht.« Das habe ich meiner Familie und meinen Freunden immer wieder gesagt, während ich an diesem Roman schrieb.

Wenn ich heute die Danksagung schreibe, dann ist das der Beweis, dass ich mich getäuscht habe. Das ist erstaunlich, denn zu normalen Zeiten kommt das natürlich nie vor.

2020 war kein ideales Jahr. Es hat mich daran erinnert, dass das Leben viel mehr Ideen hat als ich, und ich fühlte mich kaum in der Lage, mit ihm in Konkurrenz zu treten.

Es war nicht leicht, sich der belastenden Realität zu entziehen, um – wie Luna – in eine andere Welt einzutauchen, ohne Maske, ohne Virus, ohne Abstandsregeln. Es war gar nicht einfach, von Umarmungen, Menschenmengen und Freiheit zu reden, während wir darauf verzichten mussten. Letzten Endes war es auch wohltuend, da ich dies alles stellvertretend erleben konnte. Dank meiner Figuren habe ich das normale Leben, das uns genommen wurde, wiedergefunden und war mehrere Wochen lang jeden Tag in ihrer Nähe, das war sehr belebend.

An sie richtet sich also mein erster Dank. Danke, dass ihr so gute Wegbegleiter wart. Ihr habt diese Monate heller gemacht, und ich hoffe, ihr werdet diese Wirkung auf alle haben, die euren Weg kreuzen.

Danke, meine Freundinnen, euch widme ich diesen Roman, weil ich im Leben nicht viele Gewissheiten habe, außer der, dass ihr mein Leben schöner macht.

Ihr seid Frauen, die mich inspirieren. Ihr seid schön mit euren Familien und eurer Kraft. Ihr seid außerdem völlig verrückt. Es ist wunderbar, euch an meiner Seite zu haben.

Virginie Grimaldi, was würde ich machen ohne dich? Ohne deine Ermutigung und deinen guten Rat? Ohne deine Nachrichten um zwei Uhr morgens, auf die ich um sechs Uhr antworte? Alle kennen die begabte Schriftstellerin, ich habe Glück, dass ich in meiner Nähe die lustige, wohlwollende und völlig verrückte Person habe, die sich hinter ihr verbirgt.

Sab und Steph, danke euch beiden, dass ihr mein Leuchtturm seid. Ganz gleich, wohin ich gehe, ich finde durch euch immer meinen Weg.

Sophie Henrionnet, Cynthia Kafka, danke für alles, was ihr im täglichen Leben seid und was ihr tut (was ich hier nicht verraten kann). Ich fürchte, dass es sonst Ärger gibt.

Dank an meine ganze Familie, und besonders an:

meine Söhne und meinen Mann, dass sie es während der Ausgangssperren so gut in meiner Nähe ausgehalten haben (leicht war das nicht). Danke, dass ihr mein fester Sockel seid, manchmal schwanke ich, aber mit euch falle ich nicht um.

Dank an meinen Vater, dass er während des Schreibens für mich gekocht hat – es ist der Beweis dafür, dass im Leben alles passieren kann!

Dank an meine Cousine (die mich zwingt, öffentlich zu sagen, dass es nicht die geringste Ähnlichkeit zwischen ihrem Kleidungsstil und dem von Gina gibt) für unseren unvergesslichen Aufenthalt in Neapel.

Dank an die allerersten Leser von *Luna*: Micky, Florence, Jessica, Solenn, Madleen, Alexia. Eure Anmerkungen waren sehr wertvoll.

Danke an die Literatur-Blogger und alle, die auf sozialen Netzwerken ihre Freude kundtun; ihr könnt euch nicht vorstellen, wie sehr eure Texte mich jeden Tag aufmuntern (und mich dazu bringen, Bücher zu kaufen). Danke, dass ihr eure Begeisterung mit anderen teilt.

Dank an die Buchhändler, die in der schwierigen Zeit alles darangesetzt haben, weiterhin die wesentliche Verbindung zwischen Autoren und Lesern zu bleiben. Wir brauchen euch mehr denn je. Eure Regale waren unser Ausweg, als wir nirgendwo mehr hingehen konnten.

Dank an Noëlle Meimaroglou und Delphine Roché, meine verehrten Lektorinnen, für ihren Blick auf meine Texte, ihre Arbeit, ihre wertvolle Hilfe. Dank an die Mitarbeiter von Robert Laffont und Pocket, dass sie diesen dritten Roman angenommen haben. Dank an Benoît und die Mitarbeiter von cherche midi, dass sie meine beiden ersten begleitet haben.

Mein vorletzter Dank geht an Sie, meine lieben Leserinnen und Leser, welche Anna in *Ciao Bella* begegnet sind, die die Tür zu

Mamma Maria geöffnet haben und die heute mit Luna gereist sind. Ihre Worte, Ihre Gefühle, Ihre Reaktionen sind ein starker Brennstoff, der mir die Kraft und die Lust gibt, auf der Höhe Ihrer Erwartungen zu sein. Ich hoffe, dass es mir nie an Anregungen Ihrerseits mangelt, ich bin begierig, Ihre Meinungen zu lesen. Zögern Sie nicht, mir zu schreiben, ich werde mein Bestes tun, um Ihnen zu antworten. Versprochen.

Ich kann diese Danksagung nicht beenden, ohne wie immer das Wort an dich zu richten, *nonna mia*. Kein Tag vergeht, an dem ich nicht zum Himmel schaue und dich suche. Diesmal habe ich sogar den Mut gehabt, auf den Mond zu blicken.

Italienisch-deutsches Lexikon

cibo	**Lebensmittel**
amalfitano	Cocktail mit Limoncello (Zitronenlikör)
babà	Rumkuchen
bruschetta	gegrilltes Brot mit verschiedenen Zutaten
finocchietto	Fenchellikör
frittata di spaghetti	Spaghetti-Omelett
grappa	Trester-Branntwein, der als Digestif getrunken wird
gnocchi alla Sorrentina	gratinierte Gnocchi (typisches Gericht aus Kampanien)
mozzarella di bufala	Büffelmozzarella
parmigiana di melanzane	Auberginengratin
pasta asciutta	Pasta mit Tomatensauce
pasta e fagioli	Pasta mit weißen Bohnen
pizza fritta	in heißem Öl frittierte Pizza (Spezialität aus Neapel)
polpette	Fleischbällchen
scialatielli	frische Pasta(sorte) der Amalfiküste

sfogliatella	für Neapel typisches Gebäck in Muschelform aus Blätter- oder Mürbeteig mit einer Ricotta-füllung mit Vanille oder Zimt sowie Orangenschale (oder kandierten Früchten)
spaghetti a vongole	Spaghetti mit Venusmuscheln

famiglia	**Familie**
mamma	Mama
papà	Papa
zio, zia	Onkel, Tante
nonna, nonno	Großmutter, Großvater

Vokabular

basta	Genug! Stopp!
buongiorno	Guten Tag
brava, bravissima	bravo
capito	verstanden, kapiert
chiara	hell, leuchtend, klar
curniciello	Glücksbringer in Form einer roten Peperoni, Amulett gegen den »bösen Blick«
dolce vita	süßes (schönes) Leben
malore	Unglück
luna	Mond

rione	Stadtviertel
signor, signurì, signora	Herr, Frau
signorina	Fräulein
spacca	Bruch
terrona	abwertende Bezeichnung für eine Süditalienerin
tesoro	Schatz
ti amo	Ich liebe dich
vi voglio bene	Ich hab euch gern, ich liebe euch
zoccola	Hure

Neapolitanische Sprichwörter

(In der Reihenfolge, wie sie im Roman vorkommen)

Adda passà 'a nuttata.
Die Nacht geht vorüber.

O cane motteca 'o straccato.
Der Hund beißt den Bettler.

A vit è nu surris, chi nu rir mor accis!
Das Leben ist ein Lächeln, und wer nicht lacht, stirbt durch Mord!

Quann u' diavolo tuo jeva a scola, u mio era maestro!
Als dein Teufel noch zur Schule ging, unterrichtete meiner schon.

Chi tene che magna' nun ave a che penzà.
Wer zu essen hat, braucht an nichts anderes zu denken.

'E voglia 'e mettere rum, chi nasce strunz' nun po' addiventà babà!
Du kannst so viel Rum nehmen, wie du willst, nie wirst du aus Scheiße einen Rumkuchen machen.

O'nemico e l'amico tuoio adda essere nemico pure tuoio.
Der Feind deines Freundes muss auch dein Feind sein.

À 'o core nun se cummanna.
Seinem Herzen kann man nichts befehlen.

Amore verace, s'appiccica e po' fa pace.
Wahre Liebe streitet und versöhnt sich wieder.

Se po' campà senza sapé pecché, ma non se po' campà senza sapé pecchi'.
Man kann leben, ohne zu wissen, warum, aber nicht, ohne zu wissen, für wen.

Pigliate o buono quanno te Nimm Gutes an, wenn es sich
vene, ca u malamente non darbietet, denn an Schlechtem
manca maj. wird es nie fehlen.
O'patatern dà il pane a chi nu Der liebe Gott gibt denen Brot,
ten e dienti. die keine Zähne haben.
A vocca 'nchiusa nu traseno Wenn der Mund geschlossen
mosche! ist, kommen keine Fliegen
herein.

Chi vo 'o mal i chesta casa, Wer diesem Haus übelwill,
adda crepà prima ca trase. muss sterben, bevor er eintritt.
Chi t vol chiu ben i mamma Wer dich mehr liebt als deine
t 'nganna! Mutter, der täuscht dich.
'O bbene tanto se canòsce Das Gute erkennt man erst,
quanno se perde. wenn man es verliert.
Nun c'è sabbato senza sole, nun Es gibt keinen Samstag ohne
c'è femmena senz'amore. Sonne und keine Frau ohne
Liebe.

Italienisches Sprichwort

A volte si crede trovare il sole Manchmal glaubt man, die
d'agosto, e si trova la luna di Sonne im August zu finden,
marzo. findet aber den Mond im März.

*Im Roman erwähnte Sehenswürdigkeiten, Gebäude und
Stadtviertel von Neapel*

Cappella Sansevero (Cristo velato)	Sansevero-Kapelle mit dem verhüllten Christus
Castel dell'Ovo	wörtlich: Eierschloss oder Eierfestung (die älteste noch erhaltene Befestigung der Stadt)
Certosa di San Martino	Kartause von San Martino (Klosterkomplex mit Kirche auf dem Vomero)
Chiesa delle Donne	Frauenkirche
Fontana del Gigante oder *Fontana dell'Immacolatella*	riesiger Brunnen
Galleria Umberto I	Galerie Umberto I. (Einkaufspassage mit großer Glaskuppel)
Il pino di Napoli	(berühmte) Parasolkiefer in Neapel
Margellina	Küstenabschnitt der Stadt Neapel
Ospedale del Mare	Meereskrankenhaus
Palazzo Donn'Anna	Palazzo Donn'Anna
Piazza Municipio	Rathausplatz
Piazza del Plebiscito	Plebiszitplatz
Posillipo	vornehmes Viertel von Neapel
Via San Gregorio Armeno	für ihre Weihnachtsfiguren bekannte Einkaufsstraße in der Altstadt von Neapel

Via Spaccanapoli	Straßentrasse, welche die Altstadt von Neapel teilt
Santa Chiara (chiostro maiolicato)	Basilika Santa Chiara mit dem Majolika-Kreuzgang